L'heure de l'angoisse...

SPECTRES

200 POUVOIRS DIABOLIQUES (D. Brenner Francis)
201 SOMMEIL DE MORT (D. Cowan)
202 VOIX DANS LA NUIT (J. Haynes)
203 ATTIRANCE (I. Howe)
204 L'INITIATION (R. Brunn)
205 ROSES ROUGE SANG (S. Armstrong)
206 PACTE INAVOUABLE (C. Veley)
207 PUISSANCE OCCULTE (B. Haynes)
208 SORTILÈGES VAUDOU (J. Callahan)
209 SOIF DE VENGEANCE (E. Stevenson)
210 CERCLE INFERNAL (I. Howe)
211 L'OMBRE DE L'ARBRE MORT (D. Colin)
212 EAUX DORMANTES (C. Laymon)
213 LA CHAMBRE AUX MALÉFICES (J. Patton Smith)
214 LE REPAIRE DES MONSTRES (B. Coville)
215 LA VENGEANCE DU FEU (N.R. Selden)
216 LE MAITRE DE L'ORAGE (S. Netter)
217 DANSE MACABRE (L. Kassem)
218 LE CAVEAU DES MALÉFICES (J. Trainor)
219 LES FANTÔMES DU MARAIS (R. Tankersley Cusick)
220 MENACES (A. Byron)
221 LE SALON DE L'ÉPOUVANTE (S. Blake)
222 FLOTS MAUDITS (J. Trainor)
223 L'AMULETTE ENSORCELÉE (B. Coville)

JASON DARK

Les yeux du Bouddha d'or

Traduit de l'allemand par
Olivier Séchan

ILLUSTRATIONS DE
JEAN-JACQUES VINCENT

JOHN SINCLAIR
chasseur de
SPECTRES

HAUTE TENSION

JOHN SINCLAIR
chasseur de
SPECTRES

224 LA BARQUE DES MORTS
225 LES PILLEURS DE TOMBES
226 LE TRÉSOR DES DRUIDES
227 ZOMBIES SUR LA PLACE ROUGE
228 NOCES D'HORREUR
229 DESTERO, LE BOURREAU DU DIABLE
230 LA DEESSE DE LA MORT

L'édition originale de ce roman a été publiée
sous le titre :
DER GOLDENE BUDDHA

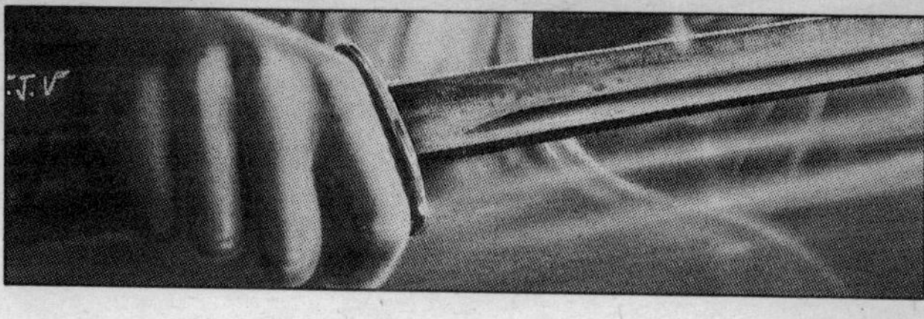

CHAPITRE 1

Les deux hommes qui, ce matin-là, allaient entreprendre la dernière étape de leur expédition, savaient qu'ils s'apprêtaient à commettre un impardonnable sacrilège, mais l'appât du gain était plus fort que tout.

De l'argent, ils comptaient en recevoir une belle somme quand ils auraient réussi leur coup : le vol des diamants du Bouddha d'or, ces deux diamants gros comme le poing et d'une valeur incalculable. Selon la légende, c'était le divin Bouddha en personne qui les aurait rapportés de l'une de ses incursions dans le monde des esprits, et il les aurait offerts à ses fidèles pour être mis à la place des yeux sur sa propre statue.

Qu'y avait-il de vrai dans cette légende ? Cela n'intéressait nullement les deux aventuriers. Ils ne songeaient qu'à ces diamants, en échange desquels on leur avait promis une petite fortune.

Leurs préparatifs avaient duré plusieurs mois, car la lamasserie qui abritait la statue du Bouddha d'or était cachée au cœur de l'Himalaya. Jamais aucun étranger n'y avait pénétré, et l'on racontait que les moines qui y vivaient étaient en communication constante avec les esprits des morts. Sur les cartes, aucun chemin n'y menait. On ne pouvait l'atteindre que par des sentiers abrupts où chaque pas faisait naître de nouveaux périls. La région était sauvage, hostile. Des tempêtes de neige alternaient avec des avalanches de roches ; des ouragans se déchaînaient sur ces vallées hautes de plus de quatre mille mètres, sur lesquelles veillaient les cimes majestueuses des géants aux neiges éternelles.

Les deux hommes venaient du Népal. Partis de Katmandou, ils avaient franchi la frontière nord du pays et pénétré au Tibet, se hissant au prix de mille fatigues sur ce formidable haut plateau qu'on dit être « le toit du monde », et sur lequel se trouvait le monastère. Au cours des trois derniers jours, ils n'avaient pas rencontré âme qui vive, pas même un de ces bergers qui parcourent ces immenses étendues avec leurs troupeaux de chèvres, et ne descendent que rarement dans les vallées habitées pour y échanger, contre d'autres produits, leur lait et leur fromage.

Mais les aventuriers ne se laissaient pas impressionner par les dangers de la haute montagne et ces solitudes sauvages. Tous deux étaient armés de revolvers de gros calibre, et vêtus pour affronter le rude climat du Tibet : épais blousons, pantalons ouatinés, parkas doublées de fourrure. Aux pieds, des bottes en peau de mouton. Ils étaient abondamment pourvus de vivres.

Ce matin-là, le temps se montrait favorable. Avant d'entamer la dernière étape, les deux hommes consultèrent encore une fois la carte qu'ils avaient dérobée à Katmandou, sur le cadavre d'un moine assassiné. Le chemin du monastère avait été tracé, puis incrusté sur une peau de chèvre, de manière à ne jamais s'effacer.

Le chef de cet inquiétant duo était un Tibétain du nom de Ong Pal. C'était un homme sans conscience, qui avait déjà commis plusieurs meurtres aux Indes pour le compte des Thugs, cette société secrète formée d'adorateurs de Kali, la déesse de la mort. Parfaitement dénué de tout scrupule, rien ne l'arrêtait. Sa peau était très sombre, ses yeux semblables à deux grains de café. Sa bouche étroite avait une expression cruelle et méprisante.

Son compagnon, Ghaliwa, était originaire d'Afghanistan, et il avait échappé à la dernière minute au peloton d'exécution en réussissant à s'enfuir, puis il avait rencontré Ong Pal, et tous deux s'étaient associés. Ghaliwa était nettement plus petit qu'Ong Pal, mais beaucoup plus large d'épaules. Lui non plus n'était pas homme à se laisser arrêter par des remords, et il tuait sans hésiter s'il se jugeait menacé.

Ong Pal passa son doigt sur la carte, et il montra un point, à l'est, là où la haute vallée se rétrécissait et où la moraine d'un ancien glacier avait formé un gigantesque mur de rochers.

« C'est par là qu'il nous faudra passer, dit-il. Ce sera dur. Mais de l'autre côté, nous serons en vue du monastère.

— Combien de temps faudra-t-il ?

— Cinq à six heures. »

Ghaliwa approuva de la tête.

« Nous pénétrerons dans le monastère avant la nuit, reprit Ong Pal avec un sourire farouche. J'espère que les moines ne nous feront pas d'histoires, sinon... on les descend ! »

Ong Pal roula la carte qu'il fourra dans une poche de sa parka. Puis il passa ses gants. Tous deux avaient déjà chargé leur paquetage sur les épaules. Ils comptaient en laisser une partie au pied du mur de rochers, afin de ne pas être gênés dans leurs mouvements pour la fin de l'étape.

Ils se mirent en route. Ong Pal venait en second ; il laissait toujours la priorité au montagnard afghan. Celui-ci avançait comme une machine, d'un pas monotone, régulier, même sur de bons chemins ; il ne ralentissait même pas quand le terrain devenait plus difficile.

Le soleil monta peu à peu dans le ciel, faisant fondre le givre nocturne.

Deux heures s'écoulèrent. Les hommes n'étaient que deux minuscules points perdus sur l'immense plateau. De temps à autre, l'un d'eux buvait une gorgée d'eau à sa gourde en peau de chèvre. Lentement, pas à pas, ils approchaient de leur but, sans parler, dans le silence énorme de la montagne.

Quand le soleil atteignit son zénith, ils arrivèrent au pied de la muraille rocheuse qui barrait la vallée, et ils cherchèrent un chemin permettant de la franchir. Il eût été dangereux de tenter directement l'escalade, car les avalanches de roches déchaussaient les grosses pierres qui devenaient instables. Sur la droite du barrage, cependant, les choses se présentaient un peu mieux, et ils finirent par découvrir un passage, une sorte de cheminée où tous deux se hissèrent, après avoir abandonné sous un rocher une bonne partie de leur équipement.

Ce fut une escalade épuisante, jusqu'au moment où ils trouvèrent un étroit sentier qui aboutissait au sommet de la muraille. Ghaliwa attendit que son compagnon l'eût rejoint, puis il pointa un doigt devant lui.

Ong Pal hocha la tête, tandis que ses yeux s'illuminaient. Il venait d'apercevoir le monastère !

Tout au fond de la vallée, au pied d'une

immense paroi rocheuse qui s'élevait droit vers le ciel bleu, le monastère faisait l'effet d'une forteresse. Les murailles en étaient jaune foncé, couleur terre et, même à distance, les deux hommes se rendaient compte qu'elles étaient infranchissables et ne présentaient guère d'ouvertures. Le seul moyen d'entrer dans le couvent — s'ils ne voulaient pas s'amuser à grimper aux murs —, c'était de se présenter à la grande porte, constamment gardée par un moine, et de se faire passer pour des pèlerins.

Il y avait maintenant plus de sept heures qu'ils marchaient. Avant de couvrir le reste du chemin, ils décidèrent de s'accorder un moment de repos.

Assis sur de grosses pierres moussues, ils mangèrent de la chair de chèvre séchée, en l'arrosant de l'eau de leur gourde. Ils n'échangèrent pas un mot. Après ce frugal repas, Ong Pal ferma les yeux et s'endormit, assis, rassemblant ses forces pour l'épreuve qui les attendait.

Au bout d'une demi-heure, Ong Pal donna le signal du départ.

Plus ils approchaient, plus les murailles du monastère paraissaient puissantes. C'était bien une véritable forteresse au cœur des solitudes, avec ses différents corps de logis, ses créneaux et ses toits en encorbellement, sur lesquels le soleil faisait jouer des reflets dorés.

La dernière partie du chemin redevint très pénible. Il passait dans le lit ravagé d'un torrent, puis dans des traînées d'éboulis qui s'étendaient presque jusqu'à l'entrée du monastère. Puis il s'améliora quelque peu, et les deux hommes finirent par atteindre leur but.

Tous deux contemplèrent l'épaisse porte de bois qui fermait la seule entrée visible dans ces murs énormes. Elle paraissait inébranlable. Elle avait bravé le vent, les orages, elle était rongée par le temps, mais elle tenait toujours bon.

Ne voyant pas de cloche pour appeler, Ong Pal allait frapper du poing au vantail quand un craquement se fit entendre. Il laissa retomber sa main levée et vit la porte s'ouvrir lentement. Elle s'écarta juste assez pour permettre aux deux hommes de se glisser par l'entrebâillement et de pénétrer dans la cour intérieure du couvent.

Ils se trouvèrent face à un moine qui les regardait en souriant. Malgré le froid, le lama n'était vêtu que d'une longue tunique jaune, drapée sur son buste de façon à laisser nue l'épaule droite. Il avait le crâne rasé et ne portait pas de chaussures, ni même de sandales. Il s'inclina devant les étrangers.

Rassurés par cet accueil, et certains que rien ne pouvait trahir leurs intentions, Ong Pal et Ghaliwa s'inclinèrent également.

Le moine prononça alors quelques mots, en dialecte du Haut-Tibet, que Ong Pal comprenait.

« Soyez les bienvenus, étrangers ! dit-il. Soyez les bienvenus, et acceptez notre humble hospitalité.

— Je te remercie, mon frère, en mon nom et

en celui de mon ami qui ne comprend pas ta langue, répondit Ong Pal en s'inclinant de nouveau.

— Qu'importe la langue, si l'homme est plein de bonté ! » dit le moine, et Ong Pal approuva de la tête ces sages paroles, tout en souriant intérieurement.

« Vous avez fait une longue route, et vous devez certainement être fatigués, reprit le moine. Suivez-moi, et je vous montrerai la chambre où vous pourrez vous reposer.

— Nous te remercions !

— Bouddha nous le rendra », dit le moine, en les précédant.

Jetant un coup d'œil derrière lui, Ong Pal constata avec satisfaction que la porte n'était fermée que par une grosse poutre, qu'il suffisait de faire glisser hors de ses supports.

Ils se trouvaient maintenant dans une vaste cour intérieure limitée du côté opposé par la haute paroi rocheuse. Partant de la cour, un escalier de pierre, sans rampe, menait à une porte par laquelle on pénétrait dans les bâtiments du monastère. Au-delà de cet escalier, et toujours dans la cour, s'étendait un petit cimetière comprenant une vingtaine de tombes, où l'on devait ensevelir les moines morts. Une fosse venait d'y être ouverte.

Ayant remarqué les regards des visiteurs, leur guide s'arrêta alors qu'ils étaient à mi-hauteur de l'escalier.

« L'un de nos frères est passé dans le Nirvana,

leur expliqua-t-il. Cette nuit, nous confierons son corps à la terre. »

Ong Pal hocha plusieurs fois la tête, d'un air grave. « Ne vous gênez surtout pas ! » pensa-t-il en ricanant intérieurement, car ces obsèques allaient grandement faciliter leurs projets.

Le moine ouvrit la porte en haut de l'escalier. Pour la première fois, les deux voleurs mirent le pied à l'intérieur du monastère ; un moment, ils se sentirent très impressionnés par sa splendeur et le calme qui y régnait. Les murs, qui semblaient entièrement recouverts d'or, étaient ornés de motifs religieux, et devant chaque image de Bouddha se dressait un petit autel de bois sur lequel brûlait une bougie d'encens.

Précédés par le lama, ils suivirent un long couloir où s'ouvraient de nombreuses portes, puis ils atteignirent un nouvel escalier, de bois celui-ci, qui descendait dans une vaste salle, dont le plancher marqueté représentait des épisodes de la vie de Bouddha. Les deux aventuriers ne purent s'empêcher de se demander comment une telle magnificence avait pu se déployer dans ce monastère isolé au cœur des montagnes. Mais ils ne s'attardèrent pas à cette question...

Déjà, ils n'avaient plus d'yeux que pour la statue qui se dressait au milieu du temple.

C'était le Bouddha d'or !

CHAPITRE 2

Ils étaient enfin parvenus à leur but ! Eux-mêmes avaient presque fini par ne plus y croire, à ce fameux Bouddha, mais maintenant ils l'avaient sous les yeux.

C'était vraiment une vision extraordinaire que cette statue entièrement revêtue d'or ! Le Bouddha était accroupi, jambes repliées, bras croisés, mais les mains grandes ouvertes, dans lesquelles — chose tout à fait inhabituelle — reposait une tête de mort.

Si les deux hommes en furent surpris, ils n'en laissèrent rien voir, et ils levèrent les yeux vers la tête du Bouddha. C'était là que se trouvait le trésor...

Un grand nombre de statues et de tableaux nous montrent un Bouddha aux yeux clos. Or cette statue avait les yeux grands ouverts, et ces yeux étaient constitués par deux diamants gros comme le poing, qui brillaient d'un feu glacial. Et ces yeux paraissaient vivants...

Le moine s'était arrêté sur les dernières marches pour permettre aux étrangers d'admirer le Bouddha. Puis il leur fit signe de le suivre, et tous trois descendirent dans la salle. En passant devant la statue, le moine s'inclina profondément, et les deux hommes l'imitèrent. Ils purent alors constater que le Bouddha, bien qu'il fût assis, avait plus de trois fois la hauteur d'un homme normal.

Au fond de la salle, derrière le Bouddha, se trouvait une petite porte que le moine ouvrit.

Un courant d'air froid les enveloppa. Des cierges en graisse de chèvre brûlaient tout au long d'un couloir nu. Ils tournèrent à droite et aperçurent alors des ouvertures dans le rocher, simplement masquées par une toile grossière. Le moine s'arrêta et tira l'un de ces rideaux.

« Voici votre chambre, leur dit-il. Demain, vous mangerez et prierez avec nous. »

Et sans rien ajouter, il s'inclina et s'éloigna.

Ong Pal entra le premier dans la cellule primitive, creusée dans le roc. Pas de lumière, pas de chauffage, rien que deux couches de paille.

Ghaliwa alla prendre une bougie dans le couloir, et il la posa sur le sol, entre les deux couches.

« C'est encore pire que la prison de Kaboul ! maugréa Ghaliwa, généralement avare de commentaires.

— Il n'y en a que pour quelques heures », répliqua son compagnon.

Ils se débarrassèrent de leurs sacs. Ong Pal chargea Ghaliwa de surveiller le couloir, car il ne voulait pas être surpris, puis il ouvrit son sac à dos et en retira la petite perceuse à métaux équipée d'une batterie, avec laquelle il se proposait d'extraire les diamants de leur sertissure d'or.

Au bout d'un moment, Ghaliwa revint vers lui.

« On n'entend absolument rien, fit-il, mais je me méfie quand même. Ce drôle de moine n'a rien dit en nous voyant arriver. Pourtant, il ne doit pas voir tous les jours arriver des voyageurs égarés ! Tu crois qu'il se doute de quelque chose ? »

Ong Pal montait la perceuse. Il hocha la tête.

« Je ne crois pas. Ces gens-là vivent dans leur monde et ne s'intéressent pas à la vie normale.

— Espérons. Bon, alors, qu'est-ce qu'on fait, maintenant ? »

Ong Pal eut un petit rire.

« Qu'est-ce qui t'arrive ? Tu deviens nerveux ? Je ne t'avais jamais vu comme ça !

— Cette cellule me rappelle un peu trop ma prison de Kaboul. Ça vient de là...

— D'accord, d'accord... J'espère que ça ne t'empêchera pas de dormir.

— Hein ? Quoi ? Tu veux...

— Bien sûr ! » Ong Pal déposa la perceuse et s'étendit sur la paillasse. « Nous ferons le coup pendant la nuit. En attendant, repose-toi. A moins que tu ne préfères vérifier les flingues.

— Je vais le faire, sois tranquille ! »

Ong Pal n'entendit même pas la réponse. Il dormait déjà. Au bout d'un moment, l'Afghan se décida à s'étendre lui aussi sur la paille, la main posée sur la crosse de son revolver.

La nuit était bien entamée lorsque les deux hommes furent réveillés par un coup de gong dont les échos se répercutèrent longuement dans les couloirs du monastère.

Ghaliwa tira son revolver et le braqua sur la porte de leur cellule.

Mais le rideau était parfaitement immobile. On entendait seulement des pas. Des claquements de sandales et de pieds nus.

Les deux hommes restèrent assis sur leur paillasse. La bougie était presque entièrement consumée ; une dernière flamme palpitait encore dans une petite flaque de graisse fondue.

Personne ne semblait se soucier des visiteurs.

Ong Pal se leva. Il alla écarter légèrement le rideau pour jeter un coup d'œil dans le couloir.

« Ils vont tous dans la même direction, annonça-t-il. A l'enterrement de leur copain, je suppose.

— C'est vrai, j'avais oublié, dit Ghaliwa. Alors, nous pourrons bientôt... »

Ils attendirent encore une dizaine de minutes. Le silence était revenu dans le monastère. Ong Pal alluma une cigarette. Quand il l'eut terminée, il se leva.

« La route est libre, dit-il à mi-voix. On y va ! »

Ghaliwa l'imita. Il n'avait pas fermé sa parka afin de pouvoir atteindre facilement son arme. Ong Pal surveillait le couloir.

« Rien en vue », dit-il. Puis il fit un signe à l'Afghan. « Allons-y, camarade, c'est comme si nous les avions déjà ! »

Ils ne craignaient guère les moines. C'étaient des hommes qui avaient renoncé à toute violence et qui, même sous une grêle de balles, savaient mourir sans pousser un cri. Ong Pal et Ghaliwa, quant à eux, étaient bien décidés à se servir de leurs armes si on tentait de leur barrer le passage. Toutefois, il semblait bien qu'ils parviendraient sans difficulté jusqu'au Bouddha d'or.

Ils se glissèrent silencieusement dans le couloir. Quand ils passaient devant une bougie, la petite flamme se mettait à danser. Ils tournèrent à gauche, puis s'arrêtèrent devant la porte qui donnait accès au temple. Ong Pal s'humecta les lèvres, signe de nervosité. Ce n'était quand même pas une petite affaire de venir risquer sa peau au bout du monde, dans un endroit aussi lugubre !

Ghaliwa tira de nouveau son P. 38 pour couvrir Ong Pal quand celui-ci ouvrit la porte.

La grande salle du temple était silencieuse. Si les moines l'avaient effectivement traversée, ils n'y avaient laissé personne. Les deux voleurs ne voyaient que le dos du Bouddha, et le spectacle de cette gigantesque statue d'or leur faisait battre le cœur...

Ils pénétrèrent dans la salle. A pas feutrés, tous deux contournèrent la statue et s'arrêtèrent devant elle.

Presque avec recueillement, ils contemplèrent son visage, où les yeux de diamant brillaient d'une lueur sourde. Leur butin était là, tout proche ! Ce qu'il leur restait à faire n'était plus qu'un jeu d'enfant, comparé à toutes les peines que leur avait déjà coûtées cette entreprise.

Une curieuse odeur planait dans la salle. Un mélange de baguettes d'encens et de graisse rance, semblait-il. Elle piquait désagréablement le nez.

Soudain, les moines invisibles se firent entendre : venant du dehors, une mélopée monotone résonna dans le temple, interrompue de temps à autre par le cliquetis des moulins à prières. Les moines ensevelissaient leur frère.

A ce moment, les deux voleurs remarquèrent

des cavités ouvertes dans le plancher, au pied de la statue. Elles étaient garnies de coupes ovales, emplies d'une poudre qui brûlait à feu lent, et d'où se dégageait l'odeur piquante.

Ghaliwa baissa les yeux pour examiner cette poudre. Elle était d'un blanc jaunâtre, comme s'il s'agissait de poussière d'os. L'Afghan, qui ne connaissait pas les usages bouddhistes, se demanda avec un peu de répugnance si ce n'étaient pas des ossements humains. Ong Pal, lui, avait déjà enjambé les coupes et se tenait au pied de l'énorme statue.

Il levait la tête, cherchant le meilleur moyen de l'escalader pour atteindre les yeux.

Un instant, il eut l'étrange impression que le Bouddha le regardait de façon menaçante. Mais Ong Pal était un homme que rien ne troublait, et, sans plus attendre, il accrocha la perceuse à sa ceinture.

« Je grimpe ! » dit-il. Il éleva les bras, trouva une prise, puis, d'un seul élan, se hissa jusque sur les bras de la statue. Ses deux pieds se posèrent à côté de la tête de mort.

Mais il n'était pas encore à la hauteur des yeux.

Ghaliwa vit son complice chercher et trouver un nouveau point d'appui sur les bras repliés.

Ong Pal jeta un regard vers le bas.

« C'est O.K. ! annonça-t-il. De là, j'arrive aux calots ! »

Il eut un petit rire bref. Puis il prit la perceuse

dans sa main droite, tendit le bras, mit l'appareil en marche.

Un léger bourdonnement s'éleva, que couvrait toutefois la mélopée lointaine venant de la cour.

Ong Pal appuya la perceuse auprès de l'œil gauche du Bouddha. L'or était mou, et Ong Pal s'étonna de la facilité avec laquelle la mèche y pénétrait. Comme dans du beurre ! Ses lèvres minces s'étirèrent en un sourire dur.

Ghaliwa observait son compagnon, tout en surveillant la porte, afin d'éviter d'être surpris par les moines.

Là-haut, Ong Pal travaillait en vrai professionnel. Il dégagea le diamant de l'orbite d'or, et il dut se retenir de pousser un cri de triomphe quand il tomba dans sa main.

« Et d'un ! » dit-il en gloussant de rire.

Il lança le diamant. Ghaliwa l'attrapa adroitement, le contempla un instant, puis le fourra dans sa parka.

Ong Pal dut alors obliquer sur la gauche pour parvenir au second œil. Ce fut difficile, car les bras se retrécissaient aux poignets, et n'étaient pas à la même hauteur. Aussi Ong Pal ne trouva-t-il pas de point d'appui aussi stable.

Il dut se contenter de cet équilibre précaire.

De nouveau, la perceuse ronronna. De nouveau, la mèche entra dans l'or qui n'offrait guère de résistance.

Ong Pal transpirait à grosses gouttes. Cette posture instable était épuisante. A un moment, il eut un faux mouvement, et le foret effleura le diamant — ce qui fit pousser un juron à l'homme.

« Qu'est-ce qui se passe ? demanda Ghaliwa.

— Rien, tout va bien. Je continue... »

Au prix d'un pénible effort, il parvint bientôt à extraire le second œil.

« Je l'ai ! » cria-t-il.

Ghaliwa tendit les deux mains pour attraper au vol le diamant que lui lançait son partenaire.

« C'est gagné ! » fit Ong Pal, haletant, et il allait avoir un rire triomphant quand son regard tomba sur les orbites vides...

Ong Pal fut glacé d'épouvante. Les orbites *n'étaient pas* vides. Il s'y passait quelque chose d'horrible, et l'homme eut l'impression de voir deux puits noirâtres qui se remplissaient lentement d'un liquide rouge !

Du sang !

En même temps, il sentit la statue se réchauffer, comme si elle prenait vie sous sa couche d'or, et qu'il y avait là-dessous de la chair, du sang, des artères, des veines...

La terreur s'empara du voleur. Il frissonnait. Ce Bouddha lui inspira soudain une angoisse insurmontable. Il se souvint des anciennes légendes. Y avait-il du vrai là-dedans ? En tout cas, ils devaient filer aussi vite que possible, même au plus sombre de la nuit. Pour rien au monde, Ong Pal ne resterait un instant de plus dans ce lieu maudit !

« Je saute ! » cria-t-il à son compagnon.

Celui-ci avait reculé de deux pas, et compris que quelque chose n'allait pas, là-haut, mais il ne posa pas de question.

Ong Pal se lança, démasquant ainsi le visage de la statue, ce qui permit à Ghaliwa de voir, lui aussi...

Les orbites s'étaient remplies de sang, et maintenant ce sang dégoulinait en formant d'épaisses traînées rouges sur le visage doré du Bouddha.

Ong Pal avait sauté, mais dans sa précipitation, il avait mal calculé son élan. Au lieu d'atterrir devant les coupes, il plongea le pied dans l'une d'elles, et il se reçut si malencontreusement qu'il bascula en arrière et tomba rudement sur le dos, le pied coincé dans la coupe. Sa tête heurta la statue du Bouddha, mais il ne perdit pas connaissance.

Il sentit une affreuse douleur dans sa jambe droite, et comprit immédiatement qu'il s'était brisé la cheville. Il gémit.

« Ghaliwa ! souffla-t-il. Nom d'un chien, Ghaliwa !... Fais quelque chose !... » Un brouillard rouge voila ses yeux. Il distinguait mal son compagnon debout devant lui.

« Viens m'aider ! râla-t-il. Tire-moi de là !... »

Ghaliwa n'eut pas un regard pour son compagnon blessé. Il ne s'aperçut même pas que la mélopée des moines avait cessé. Il n'avait d'yeux que pour le Bouddha.

La statue bougeait !

Le gigantesque Bouddha semblait soudain animé par une terrible force interne ; il frémissait de tout son corps.

Puis il leva le bras droit.

Quelques secondes auparavant, ses bras étaient encore croisés, maintenant le droit se séparait de l'autre, tandis que la tête de mort tombait dans sa main gauche.

Il y eut des craquements, des grincements sourds. Ghaliwa crut que la carapace d'or allait éclater, mais il n'en fut rien.

La carapace resta sur la statue, même lorsque le bras se fut levé, et que la main parvint au niveau de l'épaule.

Puis elle s'abattit.

Ong Pal devait avoir pressenti quelque chose, car il rejeta la tête en arrière et vit l'énorme main au-dessus de lui.

Son hurlement de terreur retentit à travers le temple, et ne cessa que lorsque la lourde patte s'abattit sur son visage, ne laissant de sa tête qu'une bouillie informe.

Ghaliwa avait tout vu. Il avait déjà assisté à bien des scènes atroces, mais ce qu'il voyait maintenant, c'était de l'épouvante, de l'horreur pure...

Il se retourna d'un bond. Oublié, Ong Pal ! Oublié, le Bouddha d'or ! Il ne songeait plus qu'à fuir.

Au bout de deux pas, il s'immobilisa, comme s'il avait été arrêté par un mur. Il écarquilla les yeux. Mais non ! ce n'était pas une illusion, ce qu'il voyait !

Les moines se dressaient devant lui comme un mur. Et tous avaient la tête d'or du Bouddha...

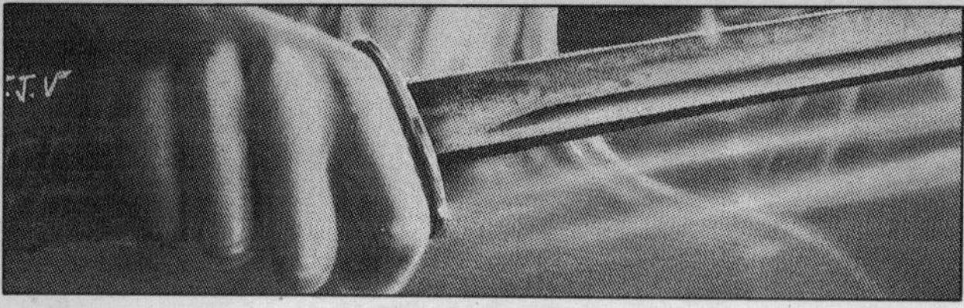

CHAPITRE 3

Londres, l'hiver.

Neige, pluie, rues mouillées, verglas. Pas gai pour les automobilistes ! Beaucoup arrivaient en retard à leur boulot, et j'étais du nombre, ce matin-là. Un accident de la circulation m'avait encore retardé, de sorte que je débarquai un bon quart d'heure après l'ouverture des bureaux, en compagnie de quelques collègues.

Personne ne m'avait appelé au téléphone ; mon copain de la réception me l'aurait signalé.

Je montai donc à mon bureau. Mais la déveine voulut qu'en sortant de l'ascenseur je tombe sur mon chef, le superintendant Sir James Powell.

D'un air significatif, il consulta son bracelet-montre. « Bon appétit ! dit-il seulement.

— Oh ! fis-je d'un ton innocent. Faut-il que je retourne prendre mon petit déjeuner ?

— Vous êtes en retard, mon cher ! observa Sir James.

— Ce sont des choses qui arrivent.

— C'est tout ce que vous avez à dire ?

— Je pourrais peut-être prendre les jours de congé qui me restent de l'année dernière ? suggérai-je. Et même ceux de l'année précédente. Je crois qu'il m'en reste encore pas mal...

— Je ne vous le conseille pas ! gronda-t-il.

— Bien. Alors, autant aller tout de suite à mon bureau. Miss Perkins est déjà là ?

— Oui, elle arrive à l'heure, elle ! »

Et Sir Powell me planta là.

Qu'il aille se faire voir, ce vieux râleur ! Je retirai mon manteau, le jetai sur mon épaule et poussai la porte de l'antichambre. Glenda Perkins, ma secrétaire, se tenait devant la cafetière électrique et remplissait justement une tasse.

La jolie fille sursauta quand je fis mon entrée en coup de vent.

« Oh ! mon Dieu ! Vous m'avez fait peur, John ! » s'écria-t-elle, tandis que ses joues prenaient une aimable rougeur.

« Maintenant, je sais pourquoi je me suis mis en retard ! répliquai-je en riant.

— Et pourquoi donc ?

— C'est à cause du café. Je savais qu'il ne serait pas prêt avant cet instant. »

Glenda hocha la tête.

« Vous en aurez une tasse, à condition que...

— Que quoi ?

— Que vous mettiez quelque chose dans la tirelire pour le café, en vue des mois suivants !

— Je vois... Vous devriez vous marier, Glenda.

— Et avec qui ? »

Elle pencha légèrement la tête et me regarda. Seigneur ! Ce fut à moi de rougir.

« Eh bien... Euh... Je n'ai pas de conseil à vous donner... »

Pour me tirer d'embarras, je sortis de ma poche un billet de cinq livres, et l'agitai sous son nez.

Glenda prit le billet, le plia en quatre et le fit disparaître dans une tirelire.

Elle avait beaucoup de chic, avec son chemisier-châle rouge, et sa jupe de laine grise, assortie.

La tasse de café dans une main et mon manteau sur l'épaule, je passai dans mon bureau, laissant la porte ouverte.

« Quelque chose, ce matin ? criai-je à l'intention de Glenda, en posant la tasse.

— Non, rien de spécial.

— Merveilleux !

— J'ai mis un dossier sur votre bureau. Ce

sont vos notes de frais. Quelques-unes ont été refusées. »

Mon accès de bonne humeur était fichu. Toujours la même chose, avec ces bureaucrates ! Ils faisaient comme si c'était de leur argent qu'il s'agissait. Je vidai ma tasse de café et fumai une cigarette, puis j'ouvris la chemise.

C'était plutôt curieux, tout ce que l'on refusait de me rembourser... Cela commençait par mes frais d'habillement, et se terminait par une note de restaurant. L'abruti qui avait décidé ma ruine avait pour nom Fatherstone. Je l'appelai.

Sa voix ne me parut pas sympathique. Je claironnai mon : « Ici, John Sinclair ! », qui me valut en réponse un « Tiens ! tiens » surpris.

Dommage que je n'aie pas enregistré notre conversation au magnétophone, parce que cette caricature de rond-de-cuir, avec un aquarium dans son bureau, je l'ai expédiée au sol en deux temps trois mouvements, le laissant presque sans voix.

« Et si vous ne m'accordez pas ces frais, aboyai-je en conclusion, je vous envoie au casse-pipe. Vous pourrez faire vos exploits en première ligne, au lieu de rester collé sur votre chaise avec votre gros derrière ! »

Il happa une bouffée d'air, comme l'un de ses poissons quand il le sortait de son aquarium.

« Allez-vous signer ces papiers ? demandai-je.

— Euh... oui... Sir ! »

Il me donnait même du « sir » ! Rien ne vaut

un bon orage pour purifier l'atmosphère... Lorsque je reposai l'écouteur, j'avais retrouvé mon sourire. J'allai rendre le dossier à ma secrétaire.

« Vous pouvez classer ça, lui dis-je.

— C'est réglé ? fit-elle en souriant.

— Vous n'avez pas entendu ?

— Si ! »

Mon téléphone sonna. Je retournai dans mon bureau et décrochai. C'était mon ami Pang Lim.

Pang Lim est un Chinois de Hong Kong, inspecteur de police, qui travaille depuis longtemps en étroite collaboration avec les services secrets britanniques. Il est plus souvent à Londres que dans son pays d'origine.

« Tu t'ennuies de moi ? lui demandai-je.

— Non, non...

— Qu'est-ce qu'il y a, alors ?

— Je voudrais venir te voir, John, répondit-il. Mais je ne suis pas seul. J'ai avec moi un ami du Tibet, qui tient absolument à parler avec nous, car il se passe là-bas des choses qui pourraient t'intéresser.

— D'accord. Venez quand vous voulez.

— A tout de suite », fit Pang Lim en raccrochant.

J'étais un peu surpris que mon partenaire m'amenât un visiteur tibétain, mais avec Pang Lim, il ne faut s'étonner de rien.

« Vous allez avoir de la visite ? me demanda Glenda en apparaissant sur le seuil.

— Oui, dans un moment.

— Faut-il préparer du café ?
— Non, ma chère, répliquai-je avec un petit rire. Plutôt du thé. Mais du thé tibétain... »

CHAPITRE 4

Fasciné par les têtes d'or des moines, Ghaliwa osait à peine respirer...

Les moines s'étaient transformés, ils étaient en symbiose avec le Bouddha d'or, ils étaient à son service. Le poids des diamants parut trois fois plus lourd à l'Afghan. Pendant un instant, il eut une envie folle de les retirer de ses poches et de les jeter au loin, mais il se domina en se rappelant l'arme qu'il portait toujours sur lui, son P.38 Smith & Wesson. Les moines, eux, n'étaient pas armés.

Ghaliwa glissa la main sous sa parka et d'un mouvement rapide en tira son revolver. Aussitôt, le contact du métal lui rendit confiance. Le barillet contenait huit balles, ce qui lui permettrait d'expédier huit de ces gaillards dans le grand voyage sans retour. Si cela ne suffisait pas, il avait aussi son poignard.

Ils étaient vraiment horribles à voir, avec leurs corps d'hommes surmontés de ces effrayantes têtes d'or ! On aurait dit qu'on leur avait posé sur la peau une mince couche d'or en feuille, qui bougeait quand les muscles du visage jouaient.

« Ôtez-vous de là ! » hurla l'Afghan aux moines. Puis il se rappela qu'ils ne comprenaient pas. Il avança alors de deux pas en agitant son arme.

Les moines ne bougèrent pas d'un pouce.

Ghaliwa comprit qu'il lui fallait faire un exemple. Les moines ne s'écarteraient pas d'eux-mêmes. Pour sa part, il n'avait aucune envie de renoncer, maintenant qu'il avait les deux diamants dans ses poches.

Il releva légèrement son arme, et la pointa sur un moine qui se trouvait au centre du groupe. Celui-là trinquerait pour les autres.

Il tira.

La balle jaillit du canon, l'écho du coup de feu se répercuta dans le temple, le moine visé par Ghaliwa reçut un choc terrible en plein front et fut rejeté en arrière. Mais il resta sur ses jambes. La violence du choc l'avait fait reculer en titubant, mais il s'était tout de suite redressé. Entre les yeux, le front d'or paraissait légèrement enfoncé.

C'était tout. Ces lamas devaient avoir fait alliance avec le diable ! se dit Ghaliwa, en comprenant qu'il lui serait sacrément difficile de leur échapper si son arme ne servait à rien. Il venait de voir la façon dont les moines « digéraient » ses balles !

Il essaya alors autre chose. C'était un homme calme, renfermé, mais souple et rapide comme un chat sauvage. Ramassé sur lui-même, jambes légèrement écartées, il se posta devant la chaîne formée par les moines, il plia les genoux, puis bondit.

Il arriva sur eux comme un bélier. Bras écartés, il heurta à toute volée le mur humain et le disloqua.

Des moines culbutèrent à droite et à gauche. D'autres se précipitèrent à leur secours. Ghaliwa vit, toutes proches, les horribles faces d'or, et il cogna comme un sourd.

Frappant avec le canon de son arme, il souleva littéralement du sol deux moines qui s'étalèrent à deux mètres de là.

La voie était libre !

Ghaliwa s'élança. Il lui fallait atteindre l'escalier, le gravir à toute vitesse, trouver la sortie. Mais il prit quand même le temps de jeter un regard derrière lui.

Les moines qu'il avait renversés s'étaient relevés pour participer à la poursuite.

L'Afghan serra les dents et bondit dans l'escalier, prenant les marches quatre à quatre. Il était plus rapide que les moines, mais il aperçut au sommet de l'escalier la silhouette d'un homme qui brandissait une longue mailloche de gong terminée par une grosse boule à l'extrémité.

Ghaliwa tira sans réfléchir. Le projectile atteignit le moine et le fit tomber à la renverse.

Ghaliwa poussa un éclat de rire sauvage.

Voilà la bonne méthode ! Maintenant il avait dégagé ce sacré chemin à coups de feu !

Vite ! Vite ! Un dernier bond, et il laissa l'escalier derrière lui.

Cette fois, il ne se retourna pas. Il passa auprès du moine qui gisait sur le sol. L'Afghan vit le sang sourdre entre ses doits crispés sur sa poitrine.

Ces gars-là, on pouvait donc les tuer, finalement ? Sans réfléchir plus longtemps à la question, Ghaliwa poursuivit sa course. Vite ! Sortir de ce maudit couvent ! Dans les montagnes, il pourrait distancer ses poursuivants, il connaissait le chemin !

Il haletait. Cette course effrénée usait ses forces. L'air raréfié de la haute altitude gênait sa respiration.

La lamasserie, habituellement si calme, était en complète révolution. Les moines se criaient des ordres qui s'entrecroisaient : ils voulaient à tout prix se saisir du sacrilège.

Ghaliwa fila dans le couloir orné de nombreuses images de Bouddha. La porte qui menait à l'extérieur ne devait pas être loin.

Il ralentit un peu sa course pour s'orienter.

Puis, sur sa droite, il découvrit la porte.

Elle n'était pas fermée au verrou. Il l'ouvrit à toute volée et faillit pousser un cri d'allégresse quand l'air glacé de la nuit le frappa au visage. Devant lui, il voyait le long escalier de pierre qui descendait dans la cour intérieure. Au-dessus, se déployait le ciel nocturne qui semblait de velours noir. D'innombrables étoiles scintillaient dans la froide splendeur de l'espace céleste.

Mais Ghaliwa n'avait pas d'yeux pour ce spectacle. Il ne songeait qu'à fuir, fuir hors de ce maudit couvent !

Il descendit l'escalier sans rampe en sautant des marches, risquant plusieurs fois de se rompre le cou, mais il parvint sans encombre dans la cour, à côté du cimetière. La dernière fosse n'était pas encore comblée, et Ghaliwa ne put pas voir si le corps y avait déjà été déposé. D'ailleurs, il s'en fichait. Sa seule pensée, c'était d'atteindre la grande porte.

Il courut vers elle. Comme son arme ne lui servait à rien pour l'instant, il la glissa dans sa ceinture.

La poutre qui maintenait la porte fermée lui parut énorme. Il la saisit à deux mains, plia les genoux, se redressa en poussant de toutes ses forces pour la décrocher de ses supports.

Il y parvint à la deuxième tentative. La poutre

tomba avec fracas sur le sol, juste au moment où les premiers poursuivants apparaissaient sur l'escalier de pierre.

Il était temps ! Ghaliwa vit une poignée sur le vantail, il la saisit, planta ses talons dans le sol, tira...

Bon sang, qu'elle était lourde, cette porte ! Ghaliwa dut faire un terrible effort pour l'entre-bâiller.

Les moines n'étaient pas encore au bas de l'escalier quand l'Afghan se glissa dehors et s'enfonça dans la nuit.

C'était gagné !

Ghaliwa lança le sauvage cri de victoire de sa tribu afghane lorsqu'il galopa à travers les éboulis, en direction de l'énorme mur de rochers qu'il lui faudrait de nouveau franchir. Puis il ralentit un peu sa course. Il aurait sûrement pu distancer plus rapidement ceux qui le pourchassaient, mais il se serait aussi fatigué plus vite.

En se rappelant les anciennes techniques de sa tribu, il adopta même bientôt un pas gymnastique qu'il pouvait soutenir pendant des heures. Ce n'était pourtant pas chose facile de courir en pleine nuit sur ce terrain. Le sol était irrégulier, jonché de rochers ou d'éboulis. Ghaliwa espéra que les moines se laisseraient distancer, mais lorsqu'il jeta un regard par-dessus son épaule, son cœur frémit.

Ils étaient toujours derrière lui !

Ils avaient même allumé des torches dont les

lueurs dansaient fantomatiquement dans la nuit.

Ghaliwa n'avait pas le choix. Il devait s'attendre à une très longue poursuite, dans laquelle il avait un désavantage : les moines connaissaient mieux que lui le terrain.

Puis il écarta résolument toute inquiétude, et il continua à courir, conservant la même direction et le même rythme.

A la longue, il finit même par penser qu'il s'en sortirait. Après tout, ce n'était pas la première fois qu'on le prenait en chasse. Dans son pays, il avait été traqué par les forces de police, en haute montagne, près de la fameuse passe de Kyber, où le terrain était aussi rude et inhospitalier que par ici. Et il avait réussi à s'échapper.

Des heures passèrent. La distance entre l'Afghan et ses poursuivants restait la même. Il souffrait d'une soif atroce, mais ne voulait pas prendre le risque de s'arrêter à quelque torrent pour boire. Il fallait continuer, continuer sans relâche, et c'est ainsi qu'il atteignit enfin le mur de rochers.

L'escalade fut difficile. Plusieurs fois, il glissa, mais il se rattrapa, il tint bon, et il parvint au sommet de l'énorme muraille croulante. Alors, il se laissa tomber par terre, complètement épuisé, et regarda au-dessous de lui.

Ses poursuivants n'avaient pas encore atteint le mur. Très loin derrière lui, il voyait la lueur des torches. Non ! ces maudits lamas aux visages d'or ne l'auraient pas ! Il tâta ses poches, pour s'assurer que les diamants étaient toujours là.

Quel butin, tout de même ! Et il recevrait toute la prime à lui seul ! Ong Pal était mort ; qu'on l'enterre et qu'on n'en parle plus...

De soulagement, Ghaliwa eut une sorte de grand rire fou, et il lança ce rire à ses poursuivants, avant d'entreprendre la descente de l'autre côté de la muraille. C'était moins dur que la montée, bien qu'il fût emporté une fois par les éboulis et récoltât de nombreuses ecchymoses. Auprès du premier point d'eau, il s'arrêta pour boire et reprendre des forces.

Il plongea plusieurs fois de suite son visage dans l'eau glacée, avant de se relever et de reprendre la fuite. Il n'apercevait plus ses poursuivants.

Ils avaient abandonné !

Ghaliwa, lui, tint le coup jusqu'au bout, et il réussit en cinq jours à atteindre le premier village habité, où on le vit surgir avec stupeur, comme un revenant hagard.

Il se joignit à une caravane qui se dirigeait vers la ville la plus proche, où se tenait un grand marché. Là, il y avait un chemin de fer qui le ramena au-delà de la frontière du Népal, jusqu'à la capitale — Katmandou.

Il avait les deux diamants. Personne ne les lui reprendrait.

CHAPITRE 5

Pang Lim arriva très vite après son coup de téléphone, accompagné de son visiteur exotique. C'était un moine.

Glenda et moi ouvrîmes des yeux ronds quand Pang Lim — toujours vêtu de cuir — entra dans le bureau avec le lama. L'homme avait le crâne entièrement rasé, des yeux bienveillants, un visage souriant : il portait une tunique qui laissait nue une épaule, et il était chaussé de sandales.

Le Chinois me présenta son ami :

« Voici Taï Pé, le frère supérieur. »

Le lama s'inclina. Déjà je lui tendais la main, mais je la retirai.

Pang Lim s'assit sur une chaise, tandis que le moine s'accroupissait sur le plancher et croisait les bras sur sa poitrine. Je souris intérieurement.

« Que faisons-nous pour le thé ? demanda Glenda.

— En voulez-vous une tasse ? » proposai-je à Taï Pé.

Le Tibétain secoua la tête.

« Non, merci. Mais si vous avez un verre d'eau...

— Naturellement ! dis-je. Glenda, je vous en prie... »

Taï Pé parlait un anglais impeccable, comme on l'apprend dans les meilleures universités.

« Alors, de quoi s'agit-il ? » demandai-je à Pang Lim.

Il jeta un regard à mon visiteur.

« Mieux vaudrait que Taï Pé prenne la parole. Il connaît mieux que moi toute l'affaire.

— Eh bien, allez-y ! » dis-je brièvement.

Le frère supérieur but d'abord une gorgée d'eau, reposa le verre avec précaution à côté de lui, puis il commença :

« Depuis quelques années, je vis à Londres, dans une colonie d'immigrés tibétains. J'ai été chassé de mon pays lorsque les Chinois l'ont envahi, en 1951, obligeant notre chef religieux, le Dalaï Lama, à se réfugier en Inde. Auparavant, mon frère et moi étions moines dans une lamasserie. Personne ne venait nous troubler, jusqu'au jour où les Chinois sont arrivés. Nous avons cru tout d'abord qu'ils allaient nous tuer, mais ils ne s'intéressaient en fait qu'à notre couvent, qu'ils voulaient transformer en base militaire. Par la suite, ils ont abandonné cette idée et leur pression sur notre pays s'est relâchée. Quand nous avons appris qu'ils avaient évacué notre ancien établissement, nous avons voulu y revenir, mais nous avons alors connu une terrible déception : le monastère était déjà occupé ! »

Le moine fit une brève pause et but une autre gorgée d'eau, tandis que j'allumai une cigarette.

« Le monastère était occupé, reprit-il, mais cette fois par des moines. C'étaient certes des lamas, comme nous, des gens de notre peuple, mais ils s'étaient retirés dans cette solitude pour y adorer une idole : le Bouddha d'or.

— Il existe de très nombreux Bouddhas d'or, observai-je.

— C'est exact, monsieur Sinclair, mais ce Bouddha n'est pas le vrai Bouddha. D'après la légende, il descend de Bouddha, mais d'une branche collatérale. Bouddha avait une grande famille. Avant de devenir un ascète, il était très libre de mœurs et aurait eu de nombreux fils et filles. L'un de ces fils serait devenu le Bouddha d'or, qui s'écarta des sentiers de la vertu et ne s'en repentit jamais. Il fonda une secte qui, en ces temps troublés, eut de nombreux adeptes. Sa doctrine était en contradiction absolue avec celle de Bouddha, et il s'allia à la redoutable Kali, la déesse de la mort, qui lui offrit deux diamants rouges où reposait la puissance de l'enfer.

« Vhyl-Ko — tel était l'ancien nom du Bouddha d'or — accepta les diamants. Il se creva lui-même les yeux et mit les diamants à leur place. Bien qu'il fût devenu aveugle, il pouvait voir grâce aux diamants dans le monde des ténèbres, dans l'empire du Diable. Ses fidèles disaient qu'il était immortel, et grandirait encore après sa mort : de fait, lorsqu'il mourut, très âgé, son corps grandit du triple de sa taille primitive. Ses fidèles l'ont récemment hissé, au prix de peines extraordinaires, jusqu'à ce monastère qui venait d'être évacué par les Chinois. A la vue de ce Bouddha d'or, nous nous sommes enfuis, car nous ne voulions rien avoir à faire avec les forces du mal. »

Il y eut un silence. J'étais assez perplexe ; certains points de ce récit me restaient obscurs.

« Et pourquoi ce nom de Bouddha d'or ? demandai-je.

— Parce que Vhyl-Ko, sa vie durant, n'a recherché que l'or. A sa mort, ses fidèles firent fondre son or et placèrent son cadavre dans cette précieuse carapace. C'est la statue qui se trouve aujourd'hui dans notre ancienne lamasserie.

— Donc, il est mort ! dis-je.

— Oui, si l'on veut, monsieur Sinclair.

— Mais vous n'y croyez pas, n'est-ce pas ? »

Taï Pé hocha la tête.

« Non, monsieur Sinclair. Comme je vous l'ai déjà dit, Vhyl-Ko s'était allié avec la déesse Kali. Elle l'aura incité à faire toutes ces choses qui devaient prendre une si grande importance. Il a dû implorer les puissances des ténèbres pour qu'elles l'aident à prolonger son pouvoir après sa mort.

— Croyez-vous qu'il ait réussi ? demandai-je.

— Très vraisemblablement. Sinon, pourquoi y aurait-il toujours, dans ce monastère, des moines qui l'adorent ?

— Ces moines ont-ils un rôle important ?

— Oui et non. En tout cas, ils veillent à ce que leurs anciennes règles ne soient pas transgressées. On raconte qu'ils se préparent au retour du Bouddha d'or.

— C'est-à-dire ?

— Tant qu'il reste dans le monastère, rien de bien dramatique. Mais il s'est produit quelque chose qui m'a décidé à venir vous voir : les yeux du Bouddha d'or ont été volés.

— Quand donc ?

— Il n'y a pas longtemps. Mes amis et moi, nous savons ce qui se passe au Tibet. Deux voleurs se sont introduits dans la lamasserie et ont arraché les yeux du Bouddha d'or. L'un des voleurs a été tué ; l'autre a pu s'enfuir. Et il a les diamants.

— Sait-on où il se cache ? demandai-je vivement.

— Vraisemblablement au Népal. »

Après un instant de réflexion, je dis :

« Il n'a pas dû voler ces diamants de sa propre initiative. Quelqu'un a dû le charger de ce travail. Savez-vous qui ?

— Non. »

Pour la première fois, Pang Lim intervint :

« Tu as bien une idée, Taï Pé ?

— Oui, sans doute...

— Eh bien, dites ! » lançai-je en souriant.

Le moine vida son verre.

« Comme je vous l'ai expliqué, reprit-il, la possession de ces diamants représente un pouvoir effrayant. Celui qui les porte sur lui peut voir, à travers eux, jusque dans les Enfers, et déchiffrer leurs secrets. Or, il y a peu de personnes au monde qui désirent une pareille chose. L'une d'elles est le docteur Tod ! »

Cette fois, je tenais le lien, je comprenais tout. C'était le docteur Tod, évidemment ! Qui d'autre pouvait vouloir percer les secrets de l'enfer ? Aucun homme normal, en tout cas. Le docteur Tod, lui, voulait le pouvoir, toujours plus de pouvoir. S'il entrait en possession des diamants, le docteur Tod deviendrait aussi puissant que les démons, ou même plus puissant qu'eux. Je pensai tout cela en un éclair, et j'approuvai d'un mouvement de tête. Le moine eut un sourire.

« Je vois que nous avons bien fait de venir chez vous, dit-il d'une voix douce.

— Certainement ! Mais que faut-il faire, à votre avis ?

— Seriez-vous prêt à entreprendre un grand voyage ?

— Vous voulez dire au Tibet ?

— Au Tibet aussi, oui.

— Mais encore ?

— Le plus urgent est de retrouver d'abord les diamants. Pour cela, il nous faudrait découvrir le voleur. Nous supposons qu'il est au Népal. On l'aurait vu là-bas. Un homme qui s'est fait remarquer en cherchant plusieurs fois à entrer en contact avec un certain Gol.

— Et à quel endroit du Népal se cacherait-il ? demandai-je.

— A Katmandou, la capitale. N'est-ce pas le meilleur endroit pour se cacher ? »

Le moine devait avoir raison. J'interrogeai Pang Lim.

« Je suis d'avis que nous nous rendions au Népal, me répondit-il. D'ailleurs, Taï Pé nous accompagnera. »

Le moine approuva de la tête en souriant.

« La seule question, dis-je, c'est de savoir comment nous présenterons ça au Vieux.

— Qu'est-ce que vous voulez me présenter ? »

Je sursautai en entendant la voix de Sir James Powell. Le superintendant était entré sans que personne l'ait entendu. En hochant la tête, il regarda autour de lui, pointa son doigt sur le moine.

« Qu'est-ce que vous faites là, assis par terre ?

— Il n'y avait pas d'autre chaise, Sir, tentai-je d'expliquer.

— Ne dites pas de bêtises ! gronda le Vieux. Auriez-vous l'intention de monter un cirque dans votre bureau ? »

Je me levai.

« Patron, dis-je, pourrais-je vous parler en particulier ?

— C'est justement ce que je venais faire ! M. Fatherstone m'a appelé à propos de votre note de frais. Il semble que vous ayez de nouveau rué dans la porcelaine ?

— Laissons tomber cette histoire pour l'instant, répliquai-je. Il s'agit de tout autre chose, et vous devriez m'écouter attentivement, Sir ! »

Le vieux grincheux m'écouta. Une demi-heure plus tard, j'avais le feu vert pour prendre l'avion.

« Mais nous reparlerons de cette note de frais quand vous reviendrez, John ! » conclut-il.

CHAPITRE 6

Ghaliwa avait atteint son but. Il était à Katmandou, tout heureux de se retrouver enfin parmi les hommes. Cette expédition dans la montagne lui semblait maintenant un mauvais rêve, et pourtant il savait que tout ce qui s'était passé là-bas était bien réel.

Il en subissait encore le contrecoup. Souvent, il se croyait suivi, et dans chaque Chinois, dans chaque Tibétain, il voyait un ennemi en puissance. Une fois même, il faillit perdre la tête parce qu'un Tibétain lui avait adressé la parole dans la rue. Il avait déjà porté la main à son revolver, mais s'était ressaisi à temps.

Il y avait quand même quelque chose de bon dans tout cela : son commanditaire l'avait pourvu de suffisamment d'argent pour qu'il pût s'équiper de pied en cap et s'installer dans un bon hôtel. Dans ce grand établissement anonyme il se sentait plus en sécurité que dans n'importe quelle pension crasseuse de la vieille ville.

De sa chambre, il avait une vue splendide sur les montagnes. Il apercevait les hauts sommets couverts de neige et, au-dessous, la jungle pareille à une grande natte verte. Pourtant, il n'avait pas la nostalgie des cimes ! A d'autres, les montagnes ! Il portait toujours sur lui les deux diamants, ne voulant pas les confier au coffre-fort de l'hôtel, et même dans sa chambre il ne trouvait pas de cachette assez sûre.

On était sur ses traces ! Cela, il le savait, car, depuis longtemps, il avait développé pour ces choses-là une sorte d'instinct. Si seulement son contact pouvait enfin signaler sa présence, alors tout serait réglé. Mais il ne se montrait pas, quoique le jour du rendez-vous fût déjà passé.

Ce soir-là, Ghaliwa était resté dans sa chambre. Assis sur son lit, il fumait une cigarette et méditait sombrement. A part le bourdonnement du climatiseur, tout était silencieux. La nuit allait bientôt venir, et avec elle l'hôtel retrouverait son animation. Les gens se presseraient nombreux au bar et dans les trois restaurants.

Ghaliwa se leva, il écrasa sa cigarette et passa dans son cabinet de toilette. Jusqu'à présent, il n'avait encore jamais habité dans un hôtel possédant des douches, et il en faisait grand usage. Il se déshabilla, se mit sous la douche, en laissant ouvert le rideau de plastique pour ne pas quitter de l'œil ses vêtements, dans les poches desquels se trouvaient les diamants.

La douche lui fit du bien. Il resta longtemps dessous, tout en réfléchissant.

Si son contact ne se manifestait pas ce soir, décida-t-il, il quitterait Katmandou pour aller se perdre quelque part en Inde. De l'argent, il en avait encore assez pour tenir le coup pendant deux mois. Ce qu'il ferait ensuite, c'était son problème. Les autres ne devaient pas s'imaginer qu'ils pouvaient faire de lui tout ce qu'ils voulaient !

Le contact était un indigène qui s'était présenté sous le nom de Gol. C'était tout ce qu'il savait.

C'était Ong Pal qui avait mené les négociations. Mais maintenant, Ghaliwa devait veiller à ne pas se faire rouler.

Il avait déjà préparé des sous-vêtements propres et un costume neuf, de lin blanc-crème, provenant de Hong Kong. Dehors, l'air était à la fois brûlant et chargé d'humidité. Un vent du sud apportait la chaleur, après avoir traversé tout le sous-continent indien.

Ghaliwa renonça à mettre une cravate. Il

venait d'enfiler son pantalon, lorsqu'il entendit un bruit sourd derrière sa porte.

Son revolver était posé sur le tabouret de la douche. Il alla le chercher, s'approcha silencieusement de la porte et colla son oreille contre le panneau.

Il eut beau écouter, il n'entendit rien. Cela ne le rassura nullement. Il revint prendre les deux diamants dans son autre pantalon, les fourra dans sa poche, puis s'approcha de nouveau de la porte, le revolver à la main...

Il saisit doucement la poignée, respira encore une fois à fond avant d'ouvrir la porte d'un mouvement brusque, tout en poussant son revolver dans l'entrebâillement.

Le canon de son arme s'enfonça dans quelque chose de mou. Une masse molle qui parut s'affaisser sur lui.

Avec prudence, Ghaliwa ouvrit davantage la porte. Le cadavre bascula sur lui.

C'était un homme. Visage bronzé, barbe noire. L'Afghan ne le connaissait que sous le nom de Gol.

C'était son contact. Et il était mort.

Ses meurtriers lui avaient arraché les deux yeux !

Pendant quelques secondes, une terrible angoisse submergea Ghaliwa. Son visage brun devint grisâtre. Il rattrapa le cadavre et le fit glisser sur le sol. Après quoi, revolver en main, il ouvrit complètement la porte et risqua un regard dehors.

Le couloir était désert.

Ghaliwa referma la porte sans bruit. Il regarda le mort au visage horriblement mutilé, et eut un haut-le-cœur. Puis il fit rouler le cadavre sur le ventre.

Ses doigts tremblaient quand il alluma une cigarette. Que faire ? Maudits moines, il les avait sous-estimés ! Ils étaient au Népal, et ils avaient retrouvé sa trace !

Que faire ? Comment se débarrasser du cadavre ? Ghaliwa réfléchit : la seule solution, c'était de filer. Il avait toute la nuit devant lui. La femme de chambre était déjà passée, elle ne reviendrait pas avant le lendemain matin. Quand elle découvrirait le corps, Ghaliwa serait loin...

Il traîna le cadavre dans le cabinet de toilette et le déposa dans le bassin de la douche. Puis il tira le rideau.

Il ne se sentit guère mieux. Son angoisse ne faisait même que grandir. Il détestait savoir des ennemis dans le voisinage sans pouvoir les localiser. Etait-il prudent de rester dans sa chambre ? Ici, il était seul. Ghaliwa décida de descendre au bar de l'hôtel. Au milieu de la foule, les autres n'oseraient pas le tuer. Son revolver était chargé. Au pire, il rendrait ces fichues pierres aux moines.

Il quitta la chambre, toujours sur ses gardes, la main frôlant la crosse de son revolver.

Trois portes plus loin, un couple sortait d'une autre chambre. La femme était grande, très brune ; l'homme petit, trapu, le crâne chauve. Pendant une fraction de seconde, leurs regards se croisèrent. Ghaliwa remarqua que l'homme portait des lunettes à monture d'acier. C'était un Européen, à la peau très blanche.

Devant l'ascenseur, Ghaliwa retrouva le couple. Il ne descendit pas avec eux, et attendit d'être seul.

L'ascenseur débouchait dans le hall. La porte s'ouvrit, et Ghaliwa fut réconforté par le brouhaha des voix. Sur la droite se trouvait le grand salon, à gauche on allait vers le bar. Au fond, une petite galerie marchande, des boutiques de souvenirs.

Le bar était calme et luxueux. Ghaliwa se hissa sur un haut tabouret, devant le comptoir d'acajou luisant comme un miroir. Les deux barmen connaissaient bien l'Afghan.

« Comme d'habitude ? demanda l'un d'eux.

— Non, ce soir un double », répondit Ghaliwa.

On lui servit un double whisky. Depuis qu'il avait goûté à cet alcool, il pouvait difficilement s'en passer, bien que cela lui fût interdit par sa religion. Mais il s'en moquait.

Le verre glissa vers lui, les glaçons tintèrent. D'un seul coup, Ghaliwa vida la moitié de son whisky. Il ficha une cigarette entre ses lèvres, l'alluma à une bougie, puis se retourna sur son tabouret. Les places à côté de lui étaient libres.

De la musique de jazz tombait en sourdine des haut-parleurs. Le bar n'était qu'à moitié plein, car de nombreux clients étaient encore en train de se changer ou dînaient déjà. Tout s'animerait plus tard dans la soirée.

Ghaliwa vida son verre et commanda un second whisky. Double, naturellement. Il voulait chasser le goût fade qu'il avait dans la bouche.

« Vous ne devriez pas tant boire ! » fit soudain une voix de femme derrière lui.

D'effroi, Ghaliwa faillit lâcher le verre qu'il portait à ses lèvres. Il n'avait pas entendu la femme approcher. Il se retourna et aperçut la brune qu'il avait vue quitter la chambre en compagnie du petit homme chauve.

« Ah ! c'est vous ? » dit-il d'une voix brève.

La femme eut un sourire ironique.

« Attendiez-vous quelqu'un d'autre ?

— Non... euh... oui... Mais peu importe...

— Bien sûr ! » fit la femme en prenant place à côté de lui.

Ghaliwa put la contempler à loisir. C'était le type de femme dont il avait toujours rêvé, mais qu'il ne posséderait jamais. Svelte, brune, avec une allure formidable. Elle était vêtue de façon provocante, estima Ghaliwa : des jeans rouges, très collants, un chemisier de soie transparent ; par-dessus, un boléro de cuir noir. Son sac était sur le bar et elle gardait la main dessus.

Ghaliwa avala péniblement sa salive. Depuis combien de temps n'avait-il pas connu de femme ? Peut-être avait-il une occasion avec celle-ci ? Sa main approcha machinalement de son dos, mais à peine ses doigts l'eurent-ils effleurée qu'elle se tourna d'un bond en sifflant : « Bas les pattes ! »

Précipitamment, Ghaliwa retira sa main. Il rougit. Jamais encore une femme n'avait osé lui parler ainsi. Après tout, elle était venue s'asseoir à côté de lui, elle lui avait adressé la parole, ses intentions étaient claires. Non ?

« Ecoute, toi ! commença-t-il dans son mauvais anglais. Si tu viens toute seule au bar, c'est que...

— Où sont les cailloux ? » fit la femme entre ses dents.

Cette fois, Ghaliwa n'y comprit plus rien. Ses yeux s'arrondirent. Involontairement, il s'écarta de la belle brune. Qu'avait-elle à voir avec les diamants ?

« Quels cailloux ? demanda-t-il, tout en buvant en hâte une gorgée de son whisky d'un brun doré.

— Tu le sais très bien !

— Pas la moindre idée ! »

La femme serra les lèvres, mais adopta un ton plus bienveillant.

« Ecoute, dit-elle. Gol est mort ! J'ai vu comment ils l'ont tué... Il ne peut donc plus t'aider. Mais Gol travaillait pour notre compte, le docteur Tod et moi... C'est nous qui avons financé votre expédition, et j'ai sur moi le restant de la somme promise. »

Ghaliwa écoutait en silence. Il réfléchissait.

« Qui êtes-vous ? demanda-t-il enfin.

— Tu peux m'appeler Lady X.

— Drôle de nom !

— Facile à retenir, répliqua la brune. Allons ! Donne les cailloux ! »

L'Afghan se méfiait encore. Non, ce joker féminin qui tombait soudain dans ce jeu infernal, cela ne lui plaisait pas.

« Je ne te donnerai pas les diamants parce que je ne te fais pas confiance, répondit-il. Tu as dû entendre raconter des histoires, voilà tout. Et tu essaies d'en profiter. »

Barbara Scott, *alias* Lady X, n'avait pas l'habitude de négocier. Elle préférait tirer. Cette fois, elle fit une exception. Elle ouvrit son sac, y prit non pas une arme, mais une enveloppe marron qu'elle balança au bout des doigts.

« Tu as le choix, Ghaliwa, dit-elle à l'homme. Ou bien tu prends cet argent et tu me donnes les pierres ; ou bien tu reçois une balle dans les tripes. Que décides-tu ? »

Avant que Ghaliwa ait pu répondre, la main droite de la femme avait plongé dans son sac.

« Le cuir est mince, dit-elle. On peut facilement tirer à travers. Ne réfléchis pas trop longtemps ! »

Ghaliwa avait la gorge nouée, des gouttes de sueur perlaient à son front. Il regardait l'enveloppe qui semblait bien remplie. Il aurait de l'argent comme jamais auparavant ! Il lui suffisait de remettre les diamants...

« La part de ton associé est également là-dedans, ajouta Lady X. Tu seras un homme riche ! »

Ghaliwa inclina la tête.

« Fais voir l'enveloppe ! » demanda-t-il d'une voix rauque.

Lady X la lui tendit. Les doigts tremblants, Ghaliwa l'ouvrit, regarda dedans : des liasses de billets. Des dollars ! C'était son argent, la prime du sang !

« Eh bien ? fit la femme en l'observant, les yeux mi-clos.

— D'accord, murmura Ghaliwa. Je fais l'échange. Mais dans ma chambre, il y a un mort... Faut que je file tout de suite...

— Ça, je m'en fiche ! Les diamants ! »

Ghaliwa plongea la main dans sa poche droite. Ses doigts se refermèrent sur les précieuses gemmes pour lesquelles son partenaire était mort. Oui, il allait les lui donner...

Derrière le bar, il y avait une grande glace. Pas une fois, Ghaliwa n'avait regardé dedans. Soudain il le fit, plutôt par hasard. C'est alors qu'il les vit entrer dans le bar...

Ils étaient trois. Trois moines.

Ils auraient presque eu l'air de moines ordinaires... sans leurs têtes d'or et les longs poignards qu'ils tenaient à la main !

CHAPITRE 7

Nous avions dû faire deux escales avant que notre appareil ne finisse par se poser sur l'aérodrome de Katmandou. Cependant, j'avais beaucoup dormi au cours du voyage, et, malgré le changement de climat et le décalage horaire, je me sentais assez frais lorsque je descendis la passerelle pour gagner le bus qui nous attendait.

Pang Lim marchait à côté de moi. Nous n'avions tous deux qu'un léger bagage. Taï Pé, lui, ne portait qu'un balluchon noué d'une ficelle et jeté sur son épaule.

Il faisait très chaud. Un désagréable vent du sud me soufflait au visage et allait se perdre sur la jungle verte qui couvrait le flanc des montagnes, dominées, très loin, par les cimes neigeuses de l'Himalaya. Katmandou est à 1 300 mètres au-dessus du niveau de la mer ; l'air y est déjà raréfié. La ville est connue pour ses nombreux temples et musées, et sert aussi de base de départ aux expéditions dans l'Himalaya.

Nous avions fait réserver des chambres dans un bon hôtel. Taï Pé, lui, comptait aller coucher dans un endroit où il pourrait plus facilement recueillir des renseignements, quelque part dans les faubourgs au peuplement le plus disparate.

Le bus cahotant nous amena aux bâtiments de l'aérodrome. Nous passâmes la douane sans difficulté — nous avions des permis de port d'armes — et je cherchai un taxi.

Une antique Mercedes me parut ce qu'il y avait encore de plus fiable. Pang Lim et Taï Pé s'installèrent à l'arrière. Je pris place auprès du chauffeur et lui donnai l'adresse.

« Oui, Sir, moi foncer ! » me répondit-il. Et il fonça ! Par bonheur, l'avertisseur fonctionnait, ce qui nous permit d'éviter au moins cinq collisions, dont trois avec des charrettes à bœufs.

La ville ne me fit pas grande impression : des rues larges, des maisons modernes, des arbres exotiques, d'innombrables drapeaux et oriflammes, des autos pour la plupart rongées de rouille, des policiers — et l'on y respirait encore plus de gaz d'échappement qu'à Londres.

Notre hôtel faisait partie d'une chaîne internationale. Le chauffeur s'arrêta devant le baldaquin de l'entrée, et il m'adressa un large sourire.

« Bon voyage ? me demanda-t-il.

— Excellent ! » répondis-je, encore un peu pâle. Comme le taxi n'avait pas de compteur, l'homme m'indiqua son prix. Je lui en donnai la moitié.

Son sourire s'effaça, puis il se mit à se lamenter jusqu'au moment où Pang Lim lui tapota l'épaule en lui disant : « C'est déjà trop ! », ce qui le fit taire.

Devant l'entrée, nous prîmes congé de Taï Pé.

« Comment resterons-nous en contact ? lui demandai-je.

— Je vous ferai signe.

— O.K., dis-je. Bonne chance ! »

Nos chambres étaient au quatrième étage. Celle de Pang Lim faisait face à la mienne. Avant de nous séparer, nous discutâmes du programme pour le reste de la journée. Il n'y avait pas grand-chose à faire. Nous devions attendre que Taï Pé nous apportât une information intéressante.

« Si tu en as envie, tout à l'heure, tu pourras me rejoindre au bar, proposai-je à mon ami.

— Je ne sais pas encore, répondit-il. Je verrai... »

Je me douchai, allai dormir tranquillement une petite heure, puis je revêtis un léger costume de lin, et glissai mon revolver dans ma poche. Sans lui, je me sentais nu.

Je pris l'ascenseur jusqu'au rez-de-chaussée. L'ayant averti par téléphone, j'avais jugé inutile de frapper chez Pang Lim.

Je sortis dans le hall qui, entre-temps, s'était rempli. De nombreux clients revenaient de promenade ou d'excursion, et se préparaient pour le dîner.

Je me dirigeai du côté du bar, avec l'intention d'y prendre un verre.

Je n'avais pas fait dix pas que je m'arrêtai net.

Certes, j'entendais toujours le brouhaha des voix, mais il était soudain dominé par des coups de feu et des cris.

Ils provenaient du bar où j'allais entrer !

« Je ne peux pas te donner les pierres ! dit Ghaliwa dont la voix tremblait soudain.

— Pourquoi ?

— Parce que les autres sont déjà ici !

— Quels autres ?

— Les Bouddhas d'or ! » cria Ghaliwa en se laissant glisser de son tabouret. Il tenta de filer, mais Lady X saisit le poignet de l'homme et le tordit. L'Afghan poussa un cri et dut accompagner le mouvement pour éviter d'avoir le bras brisé.

Si Lady X ne l'avait pas cru, elle changea d'avis quand, par-dessus le dos de l'homme plié en deux, elle aperçut les moines à la tête d'or.

Les autres clients aussi avaient vu les nouveaux arrivants, mais ils ne bronchèrent pas, croyant à quelque mascarade. Seuls, l'Afghan et

Lady X savaient qu'il ne s'agissait pas d'une plaisanterie.

La jeune femme poussa un juron assez peu convenable dans la bouche d'une lady.

Puis le premier moine leva le bras.

Une seconde plus tard, un poignard fendait l'air. Avec une fantastique rapidité de réaction, Lady X souleva l'Afghan pour le tenir devant elle, comme un bouclier vivant.

Ghaliwa n'eut même pas le temps de pousser un cri. Lancé d'une main sûre, le poignard vint se planter dans sa poitrine. Pour l'Afghan, l'histoire s'arrêtait là. Il pesa soudain très lourdement dans les bras de la jeune femme qui le lâcha aussitôt, et il s'écroula sur le flanc, entre deux tabourets de bar. Et l'on vit de nouveau de quoi Lady X était capable. Avant qu'un autre poignard eût été lancé, elle se laissa tomber par terre, en tirant son arme de son sac.

Depuis le sol, le gros pistolet tonna.

Une fois, deux fois, trois fois...

Stoppé par le choc de l'impact, le premier moine tomba sur les genoux. Le deuxième reçut la balle de plein fouet, et fut projeté sur une table roulante qui s'écroula avec son chargement de verres et de bouteilles. La troisième balle manqua son but et alla étoiler une porte de verre.

Aussitôt, Lady X fut de nouveau debout. Elle était certaine d'avoir fait mouche, et elle tressaillit en constatant que ses balles n'avaient pas tué les moines. Bien que le sang coulât de leurs blessures, ces horribles créatures à tête d'or n'avaient pas l'air de vouloir renoncer. Et maintenant, c'était elle qu'ils voulaient tuer.

« Nom d'un chien ! » siffla la femme. Les diamants étaient à trois pas d'elle, sur le cadavre, et elle ne pouvait s'en approcher sous peine de se mettre à portée des poignards !

Tout autour, les gens s'affolaient. Des cris, des appels retentissaient dans le bar, mais personne n'osa courir vers la porte, car Lady X tira de nouveau. Elle fit mouche deux fois, forçant les moines à reculer. Soudain, du fond de la salle, quelqu'un d'autre tira...

Une voix cria : « Va chercher ces maudites pierres ! Moi, je me charge de ces salopards ! »

C'était le petit homme chauve, aux lunettes à monture d'acier, qui avait sauté sur une table et, tenant son revolver à deux mains, faisait feu à son tour.

Quant à Lady X, elle rampait vers le mort pour lui arracher les diamants.

Ce fut à ce moment-là que j'entrai dans le bar !

Déjà alerté par les cris et les détonations, je m'attendais à pas mal de choses, mais j'éprouvai tout de même un choc en retrouvant ici deux vieilles connaissances :

Lady X et Mr. Mondo !

Je les voyais fort bien tous deux, car ce Mr. Mondo, plutôt petit, était perché sur une table et, de là, tirait au revolver sur les moines à tête d'or.

Pris de panique, les clients du bar s'étaient jetés sur les côtés pour éviter de se trouver dans la trajectoire des balles. Comme ils avaient dégagé le terrain, je voyais aussi la femme.

Accroupie sur le sol, elle rampait vers le corps d'un homme qui avait l'air mort. En même temps, elle levait la tête pour surveiller les alentours. Soudain, elle m'aperçut.

« Sinclair ! »

Ce fut un cri de fureur, un hurlement chargé de toute la haine qu'elle éprouvait pour moi. Il faut dire que nous n'étions pas vraiment ce qu'on appelle des amis. J'avais eu suffisamment affaire à elle et à son chef, le redoutable docteur Tod.

Elle hurla mon nom et Mondo l'entendit. Lui aussi faisait partie de mes ennemis mortels.

Aussitôt, il pivota sur lui-même, mais il tira si précipitamment que sa balle passa loin de moi pour aller s'écraser contre le mur. Je m'abritai immédiatement, en faisant des bonds de côté, pour tenter de me rapprocher de Lady X, aux prises avec les trois moines.

Elle avait presque atteint le mort. Sa main le touchait déjà, lorsque l'un des moines se jeta sur elle, le poignard levé.

Encore une fois, la réaction de Lady X fut éblouissante. Elle projeta les deux bras en l'air, saisit les poignets de l'homme, replia vivement les genoux, et, d'un coup de bascule, elle envoya son adversaire valser par-dessus elle. Puis elle se releva d'un bond.

Mais sa situation restait critique, car les deux autres moines se jetaient sur elle. Mondo ne pouvait plus la couvrir avec son arme, parce qu'il se concentrait sur moi. Sans prendre le temps de riposter, je roulai contre le bar où je me trouvai relativement à l'abri. Mondo sauta de sa table. Il avait maintenant tiré un second revolver de sa poche, et il avançait tout en faisant feu.

Lady X luttait avec les moines. Elle avait magistralement dévié un coup de poignard, mais le troisième moine l'empoigna par les jambes et la fit tomber sur le sol.

Personne ne se souciait plus du cadavre. Une chance ! Je n'étais qu'à deux pas. Je les franchis d'un bond et arrachai l'arme qu'il avait toujours à sa ceinture.

C'était un P.38 Smith & Wesson, arme qui m'était familière.

Mes deux balles forcèrent Mondo à chercher un abri. Dans son bond précipité, il renversa une table et trois chaises, sous lesquelles il se trouva enseveli. Eliminé pour quelques instants !

Libéré de ce côté, je me ruai sur les moines. Je ne tirai pas, mais fonçai en frappant avec le canon de mon arme. J'atteignis ainsi le visage doré de l'un de ces gaillards.

Il y eut un bruit bizarre quand le canon le toucha. On aurait cru un coup porté dans une masse molle. Le moine recula en titubant et fut retenu par la rampe du bar.

Pendant ce temps, Lady X s'était dégagée. Elle tenait même un poignard à la main. Faisant demi-tour, elle m'aperçut et lança son arme à toute volée. Je sautai de côté. La lame me manqua et alla se planter dans le comptoir.

« Haut les mains ! » hurlai-je à la femme.

Lady X n'avait pas la moindre intention de m'obéir. Elle se baissa subitement, ramassa une bouteille, me la jeta à la face.

J'écartai la tête, mais pas assez vite. La bouteille m'érafla la tempe.

La violence du choc m'étourdit quelques secondes. Quand je sortis du brouillard, ce fut pour entendre Mondo crier : « Fichons le camp ! »

Le diabolique savant donnait le signal de la retraite. Après s'être péniblement remis sur pied, il fila vers la porte, puis il s'arrêta pour se retourner vers moi.

Il tira avec l'arme qu'il tenait de la main gauche, sans prendre son temps, et c'est peut-être pour cela que sa balle me manqua, ricocha sur la rampe du bar et alla se perdre je ne sais où.

Je voulus riposter, mais Mondo était déjà dehors, et Lady X filait derrière lui. J'aurais pu l'atteindre, si ces maudits moines ne s'étaient interposés entre elle et moi.

Ils étaient vraiment horribles à voir ! Bien que les balles les aient touchés, ils continuaient à vivre, et ils tentaient maintenant de s'approcher du cadavre. C'est aussi ce qu'avait voulu faire Lady X. Décidément, ce mort présentait un grand intérêt pour les deux parties !

Pourquoi ? Il n'y avait à cela qu'une réponse : les diamants ! Sur le sol, auprès du mort, j'aperçus une grosse enveloppe ouverte, d'où émergeaient des liasses de dollars.

Avec l'arme du mort, je ne pouvais rien contre les moines, mais j'avais aussi mon Beretta, chargé avec des balles d'argent bénies, les seules efficaces contre les démons. J'empochai donc l'arme inutile et dégainai mon propre pistolet.

A trois pas de distance, je ne pouvais pas manquer le premier moine. Je visai la tête d'or, aux yeux obliques, je tirai...

Très distinctement, je vis la balle frapper le crâne de l'homme. Je comptais que l'argent percerait le métal. Il n'en fut rien.

La balle d'argent bénie claqua, puis s'écrasa. Ce fut tout. Son pouvoir magique avait été tenu en échec.

Je le compris immédiatement en voyant le moine se contenter de secouer la tête pour dissiper l'effet du choc, puis continuer à avancer, son poignard à la main. Il voulait m'écarter de ses congénères, afin que ceux-ci puissent prendre au cadavre ce qu'il devait avoir dans les poches.

Alors j'attaquai.

D'un coup de pied, je fauchai les deux jambes du moine. Il tomba sur sa droite, sa tête heurta le revêtement extérieur du bar, et il cessa provisoirement de s'intéresser à moi. Puis j'arrachai le poignard planté dans le comptoir, et me retournai juste à temps pour voir une lame voler vers moi.

Rapide comme l'éclair, je levai le bras. Les deux lames jetèrent des étincelles en se heurtant. Je réussis à détourner le coup, mais par malchance, mon propre poignard tomba avec l'autre.

Le moine bondit en arrière. Je me ruai sur lui. Malheureusement, je n'avais plus prêté attention au premier assaillant qui m'empoigna par la cheville.

Le sol se déroba sous mes pieds et, ne trouvant rien à quoi me raccrocher, je m'étalai tout de mon long.

Le choc fut rude. Pendant quelques secondes, je restai pratiquement hors de combat. Les moines en profitèrent. Deux d'entre eux fouillèrent les poches du mort, j'entrevis un scintillement rouge entre leurs doigts, et je compris qu'il ne pouvait s'agir que des diamants du Bouddha d'or.

Je me relevai. Trop tard ! Les moines se repliaient déjà. Je n'aurais pas renoncé à les poursuivre s'ils n'avaient eu l'excellente idée de prendre des otages.

Une Américaine se mit à hurler, à demi étranglée par l'un des moines qui l'empoignait à la gorge et l'entraînait vers la porte. En se débattant, elle fit glisser sa perruque blonde, dévoilant ainsi ses cheveux blancs... La situation eût été comique en toute autre circonstance.

Leur second otage était un garçon d'une dizaine d'années qui ouvrait des yeux pleins d'effroi, mais serrait les dents pour ne pas crier.

Les moines sortirent du bar.

Personne n'osa se lancer à leur poursuite, par crainte de mettre en danger la vie des otages.

A travers le panneau vitré qui donnait dans le hall, je les vis passer, au milieu des clients épouvantés qui s'écartaient précipitamment et se plaquaient aux murs. Puis ils disparurent.

Alors, plus rien ne me retint. Je sortis du bar en courant et poussai un soupir de soulagement en apercevant les deux otages sur le sol, juste devant la porte. Ils étaient encore sous l'effet du choc, mais sains et saufs.

Je sautai par-dessus l'Américaine, ouvris la porte et m'élançai sur le trottoir. Il y régnait la plus grande confusion. L'un des chasseurs de l'hôtel se roulait par terre, les mains crispées sur son ventre. Profitant de l'affolement général, les moines s'étaient volatilisés.

Je fis encore quelques mètres en courant — à vrai dire, plutôt pour me racheter à mes propres yeux — mais je ne vis trace des fugitifs.

Je rentrai à l'hôtel en me reprochant de n'avoir pas agi plus vite. Mais qui aurait pu se douter que, dès mon arrivée à Katmandou, j'entrerais en contact avec l'adversaire ? Avec deux, même ! D'une part, les lamas du Bouddha d'or ;

de l'autre, le docteur Tod et deux membres éminents de sa Ligue du crime.

Les premiers policiers arrivaient. Un peu tard, à mon avis. Ils débarquaient de jeeps, sautaient à terre, et écartaient sans ménagement les curieux.

Avant qu'ils ne soient sur les lieux, je retournai rapidement au bar afin d'examiner le mort. Les moines lui avaient vidé les poches, laissant les doublures retournées, comme par dérision.

Je reculai quand les policiers firent irruption dans le bar et formèrent un demi-cercle autour du corps. Ils attendirent l'arrivée de deux hommes, en civil ceux-là. L'un était un petit personnage aux cheveux gris qui portait à la main une trousse de médecin. L'autre était très grand, très maigre, coiffé d'un turban blanc artistement enroulé, qui contrastait avec son complet gris foncé.

Le médecin eut un haussement d'épaules. Geste international qui signifie : plus rien à faire !

A ce moment, j'aperçus Pang Lim à l'entrée du bar. Je me faufilai vers lui, dans le dos des policiers.

« Que s'est-il passé ? me demanda mon ami.

— Tu manques toujours le meilleur ! » répondis-je avec un sourire un peu forcé.

En quelques mots, je lui racontai la scène.

« Diable ! murmura-t-il. Nous avons donc affaire à deux types d'adversaires ? Vas-tu collaborer avec la police ?

— Oui, sans doute.

— En tout cas, moi, je reste en dehors de tout ça », décida Pang Lim.

Je lui donnai raison ; il aurait les coudées plus franches.

Comme je dominais un peu les têtes des personnes présentes, je pouvais voir les policiers gesticuler, là-bas, près du comptoir. Ils avaient entrepris l'interrogatoire des témoins. Tôt ou tard, ils me feraient rechercher.

« Je préfère y aller de mon plein gré, dis-je à Pang Lim, tout en lui glissant mon Beretta. Toi, tâche d'écouter un peu ce que l'on raconte à droite et à gauche. Tu passes facilement inaperçu. »

Mon ami approuva d'un signe de tête, et il se perdit dans la foule.

CHAPITRE 8

Pang Lim fit celui qui n'était au courant de rien. Un chasseur de l'hôtel, que les moines avaient bousculé et jeté à terre, décrivait son exploit à un cercle d'auditeurs admiratifs. D'après lui, il aurait presque réussi à arrêter les trois moines, et c'était un pur hasard s'ils avaient pu s'échapper. N'empêche que le jeune gars pouvait se féliciter d'être encore en vie !

Soudain, quelqu'un frappa sur l'épaule de Pang Lim. C'était Taï Pé.

« Tiens ! c'est toi ? fit le Chinois, surpris. Tu sais ce qui s'est passé ?

— Je viens de l'apprendre.

— Et qu'en penses-tu ? »

Taï Pé regarda autour de lui.

« Accompagne-moi dehors. Ici, il y a trop d'oreilles indiscrètes. »

Un instant, Pang Lim pensa à moi, puis il se dit qu'il ne pouvait m'être d'aucun secours pour le moment, et il suivit le Tibétain. Les deux hommes sortirent dans la rue.

« Marchons un peu, proposa Taï Pé.

— Tu m'enlèves ?

— Non, je te conduis chez des amis. »

Ils s'éloignèrent lentement. La nuit n'était pas encore complètement venue, mais déjà des lumières brillaient aux fenêtres.

Très vite, les deux hommes obliquèrent dans une petite rue transversale, au début de laquelle se dressaient encore quelques maisons de pierre. Bientôt, les constructions devinrent plus primitives, plus basses. Des odeurs épicées planaient dans l'air.

Ils arrivèrent ainsi à une grande place. Et d'un seul coup, le décor changea du tout au tout.

Un temple s'élevait au milieu de la place, pas très grand, mais en parfait état. Le soleil couchant baignait d'une lumière dorée ses toits en encorbellement et largement débordants, formant autour d'eux comme une auréole éblouissante. Un large escalier menait à l'entrée. Sur le côté des marches s'entassaient des coupes de fleurs et des sortes d'auges remplies de fruits et de légumes. C'étaient les offrandes. La porte de bois précieux était ornée de ciselures recouvertes de feuilles d'or.

« Que venons-nous faire ici ? demanda Pang Lim.

— Je te l'ai dit. Nous allons rencontrer des amis, expliqua le Tibétain. Des lamas, adversaires du Bouddha d'or. »

Taï Pé ouvrit la porte et, aussitôt le seuil franchi, se débarrassa de ses chaussures. Le Chinois l'imita.

Ils se trouvaient dans une petite salle soutenue par des colonnes peintes, ciselées, qui encadraient des motifs religieux. Le long des murs latéraux que décoraient de magnifiques mosaïques, brûlaient des bougies d'encens dont l'odeur emplissait le temple. Il régnait là un calme profond, qui donna à Pang Lim l'impression d'être un intrus.

Devant lui, au sommet d'un petit escalier, s'élevait la statue de Bouddha. Sur les marches s'entassaient les offrandes, et, au pied de la statue, se trouvaient des cassolettes d'encens dont la fumée montait droit, en minces filets.

Soudain, un gong retentit tout au fond du temple. Taï Pé regarda son compagnon en souriant.

« On sait que nous sommes arrivés, dit-il. Ils vont bientôt se montrer. »

En effet, il y eut un bruit de pas légers. Des portes cachées s'ouvraient, des moines apparaissaient de tous côtés. Ils portaient de longues tuniques en tissu grossier, semblable à de la toile de sac. Sans prêter attention aux visiteurs, ils se groupèrent devant la statue et s'assirent sur le sol.

Un seul resta debout, qui devait être le chef de la communauté. Il tourna les yeux vers Taï Pé et lui adressa un signe avant de se diriger vers lui. Les deux hommes se saluèrent en se touchant la main, paume contre paume.

« Le chemin de la sagesse t'a ramené dans ce couvent, Taï Pé, dit le moine. Tu es resté fidèle à ton Dieu, et il te donnera force et courage pour le restant de tes jours.

— Merci de tes paroles, Brahdana, répondit Taï Pé. Je suis heureux d'être de nouveau parmi vous. Mais le monde n'est plus ce qu'il était. Les dangers menacent de toute part et des ennemis cherchent à nous détruire. Le Bouddha d'or, ce maudit, a repris force et a rassemblé ses serviteurs afin d'assurer le pouvoir du Prince des Ténèbres. Deux voleurs lui ont dérobé ses yeux. Tous deux sont morts, car les moines à la tête d'or ont exercé sur eux une cruelle vengeance.

— Je l'ai appris, répondit le moine. Nous avons toujours combattu les serviteurs du Bouddha d'or, et nous continuerons. Le mal ne doit pas triompher.

— Non, Brahdana. Et c'est pourquoi je t'ai amené un ami de Londres, un homme qui combat lui aussi le Mal et a maintes fois vaincu les adversaires du Bien. Cet homme, c'est Pang

Lim, qui est originaire de l'Empire du Milieu. Il a aussi un ami anglais, Sinclair, qui est connu comme chasseur de démons. Tous deux sont décidés à abattre le Bouddha d'or. »

Brahdana tourna la tête et regarda Pang Lim. Celui-ci eut l'impression que le moine voyait jusqu'au fond de lui-même.

« Tu es un homme brave et bon, Pang Lim ! lui dit Brahdana. Je le vois à tes yeux, et je crois que tu réussiras. Mais si tu veux atteindre le monastère pour accomplir ta mission, tu as besoin d'un renfort. Le chemin est long, et il te faudra encore pénétrer dans le monastère et vaincre le Bouddha d'or. Beaucoup ont essayé, tous sont morts. Mais nous pouvons te donner l'aide que Taï Pé m'a demandée pour toi. Attendez-moi... »

Brahdana se détourna et s'en alla sans un mot.

Au bout d'un moment, il réapparut et fit signe aux deux hommes de le suivre. Il les conduisit dans une salle plus petite, complètement vide, à l'exception d'un coffre, qui en occupait le centre. Il alla se placer derrière le coffre et le montra du doigt.

« Là-dedans, expliqua-t-il, repose le secret à l'aide duquel tu pourras briser la puissance du Bouddha d'or. C'est une arme que nous t'offrons. Tu pourras la conserver, mais tu ne devras la confier à personne, sauf à l'ami qui a toute ta confiance, et tu ne devras l'employer que pour combattre en faveur du Bien. Je pense que tu es digne de la recevoir. Mais tu dois subir auparavant une épreuve : tu vas soulever toi-même le couvercle de ce coffre. Si tu ne réussis pas, nous saurons que tu n'es pas digne de porter l'arme. Si tu l'ouvres, ce sera la preuve que nous avons bien choisi. »

Pang Lim s'avança. Il se pencha, saisit le rebord du couvercle à deux mains, le souleva sans difficulté.

Il avait réussi ! Mais il ne voyait pas l'arme, car elle était enveloppée dans des étoffes précieuses.

« Prends-la ! dit alors Brahdana. Elle t'appartient. »

Le Chinois se baissa, ses doigts tâtèrent l'étoffe, puis son front se plissa. Cette arme lui rappelait son fouet à démons, car il croyait toucher un bâton. Il écarta l'étoffe et aperçut effectivement un mince bâton.

« Ça, une arme ? » pensa-t-il. Il se redressa, et tourna vers Brahdana un regard interrogateur.

« Oui, ce bâton, répondit le moine qui devinait sa question, nous vient du grand Bouddha. Peu avant sa mort, il l'a donné à l'un de ses fidèles, qui l'a transmis à son fils, et ainsi de suite. Jusqu'au jour où il a abouti dans notre monastère. »

Impressionné et déconcerté à la fois, Pang Lim examina l'objet. C'était un bâton d'apparence quelconque — si l'on exceptait les fines lignes gravées qui formaient des spirales sur toute sa longueur. Puis il sentit la légère vibration qui en émanait.

Le bâton vivait ! L'esprit du grand Bouddha s'incarnait dans cette relique !

« Je vais te dire à quoi sert ce bâton, reprit Brahdana. Ce n'est pas une arme d'attaque, car Bouddha avait horreur de la violence. Mais avec lui, tu peux suspendre le cours du temps. Si tu prononces un certain mot, ton adversaire se fige et reste complètement immobile pendant cinq secondes. Pas seulement lui, mais tout ce qui l'entoure. Tu as donc le temps de le vaincre. Mais attention ! Tu n'as pas le droit de le tuer quand il est sans défense. Si tu le faisais, le bâton perdrait tout pouvoir. »

Pang Lim s'inclina.

« Je te remercie, murmura-t-il. Je veillerai sur ce bâton comme sur la prunelle de mes yeux, et je l'emploierai de façon que son pouvoir magique ne disparaisse jamais. »

Brahdana sourit.

« Il est à toi, dit-il, mais il te manque encore le mot que tu devras prononcer. Ne le répète pas après moi, et ne l'emploie qu'en cas de grand danger. Ce mot est : *Topar !* »

Pang Lim inclina la tête.

« Tu le retiendras ?

— Oui, Brahdana.

— Je te crois, fit l'abbé avec un soupir de soulagement. J'aurai donc accompli juste avant ma mort l'œuvre dont j'ai toujours rêvé.

— Comment cela : juste avant ta mort ? demanda Taï Pé.

— Je vais mourir.

— Un jour, bien sûr, dit Pang Lim. Mais vous n'êtes point encore un vieillard...

— Non ! Aujourd'hui même, dans quelques minutes. Je le sens, mes amis... »

Il y eut un silence. Pang Lim et Taï Pé échangèrent un regard intrigué.

« Oui, reprit Brahdana, je n'ai plus longtemps à vivre. Je sens déjà les ailes de la mort, elles planent sur moi... »

Sa voix tremblait, et soudain, avant que Pang Lim et Taï Pé aient pu le retenir, il s'élança vers la porte du temple.

« Arrête, Brahdana ! Reste ici ! cria Taï Pé. Je t'en supplie... » Mais le moine ne l'écouta pas.

L'instant d'après, les deux hommes entendirent un grand cri dans le temple. Puis on frappa sur un gong. Deux coups successifs, très brefs, sans écho prolongé...

« Alerte ! cria Taï Pé. Ce coup de gong signifie un danger pressant ! »

CHAPITRE 9

J'allumai une cigarette et retournai dans le bar où les policiers poursuivaient, sans grand résultat, l'interrogatoire des témoins. Les questions étaient posées en anglais, car l'immense majorité des clients étaient des touristes étrangers.

Le porteur de turban était accoudé au comptoir et parlait avec le barman. Ce dernier m'avait aperçu. Il tendit le bras et pointa un doigt vers moi.

Le policier se retourna et m'examina d'un œil glacé. Je m'approchai de lui, écrasai ma cigarette dans un cendrier, avant de dire :

« J'aurais volontiers échangé quelques mots avec vous.

— Je vous écoute.

— Seul à seul », ajoutai-je, car le barman tendait l'oreille.

On l'écarta, et nous prîmes place sur deux tabourets.

« Qui êtes-vous ? Quel est votre nom ? D'où venez-vous ?

— Je m'appelle John Sinclair. Je suis inspecteur principal à Scotland Yard. J'arrive de Londres. »

Il faillit s'étrangler.

« Un collègue ?

— Oui », fis-je. Et je lui montrai ma carte, ainsi qu'un papier, établi par l'ambassade du Népal, et qui devait, paraît-il, m'ouvrir toutes les portes.

Le policier le lut attentivement.

« C'est très bien, monsieur Sinclair, me dit-il dans un anglais impeccable. Mais pourquoi êtes-vous venu ici ?

— Je n'avais malheureusement pas encore eu le temps de me présenter à vous, répondis-je. Les événements m'ont surpris autant que vous. Puis-je connaître votre nom ? »

Il me le dit, mais c'était strictement imprononçable.

« Je ne me le rappellerai jamais ! dis-je en riant.

— Eh bien, appelez-moi tout simplement Marian.

— C'est entendu.

— Les témoins n'ont apparemment rien vu, m'expliqua mon collègue népalais. Pouvez-vous me donner quelques lumières ? Est-il vrai que trois moines aux têtes d'or ont surgi ici, et lui ont pris... » Il montra le cadavre. « ...et lui ont pris quelque chose ?

— C'est exact.

— Pouvez-vous me faire un récit détaillé de l'affaire ? »

Je lui racontai l'essentiel, sans dire que les moines avaient repris les deux yeux du Bouddha d'or. Bien que né dans ce pays, l'inspecteur ne comprit pas trop bien, et il hocha la tête.

« Je ne parviens pas à le croire ! marmonna-t-il. C'est tellement invraisemblable ! »

Marian prit un air pensif, tout en jouant avec un verre qui traînait sur le comptoir.

« J'ai déjà entendu parler de tout ça, dit-il. Une légende circule, selon laquelle il existerait un Bouddha d'or, un faux Bouddha qui aurait également des fidèles. Mais, pour être sincère, je n'y ai jamais cru. J'ai reçu une éducation à l'occidentale, vous comprenez, et j'ai rangé ces histoires dans le domaine des fables.

— Je vous ai pourtant raconté l'exacte vérité. »

Le Népalais me regarda attentivement.

« Et vous avez vraiment tiré sur ces moines... sans aucun résultat ?

— Oui.

— Inconcevable ! Pourtant, les autres témoins ont mentionné une chose semblable. Je ne peux pas l'imaginer. Ça ne peut pas entrer dans ma tête ! » Il se frappa le front du plat de la main. « Mais qui étaient la femme et le bonhomme chauve ?

— Ils semblaient être des ennemis des moines.

— Ils semblaient ? répéta Marian d'un ton soupçonneux.

— Oui, pourquoi pas ?

— Si je m'en rapporte aux déclarations des témoins, ceux-ci croient, mon cher collègue, que vous en saviez bien davantage que toutes les autres personnes présentes.

— D'où tirez-vous cela ? demandai-je.

— Je l'ai entendu dire. En tout cas, la femme devait bien vous connaître, puisqu'elle vous a interpellé par votre nom.

— Oui, nous nous sommes déjà rencontrés une fois.

— Alors, vous connaissez son nom ?

— Elle s'appelle Barbara Scott, mais elle est généralement plus connue sous le nom de Lady X.

— Curieux nom !

— Et curieuse femme, continuai-je. C'est une criminelle. Un diable en jupons, si vous voyez ce que je veux dire. Elle hait le monde entier. Il y a déjà longtemps que je la pourchasse.

— Je vais lancer un mandat de recherche », déclara l'inspecteur en se laissant glisser de son tabouret.

Je posai la main sur son épaule.

« Je ne vous le conseillerais pas, mon cher, lui dis-je. Lady X a des amis très influents, avec qui elle voyage. Vous ne la trouverez pas.

— Ça, c'est mon affaire !

— Sincèrement, Marian, je n'essaie pas de vous raconter des bobards ! »

Je parlais d'un ton très sérieux, et l'inspecteur prit une mine pensive.

« Mais que viennent-ils faire par ici ? marmonna-t-il.

— Ils veulent vraisemblablement se rendre auprès du Bouddha d'or. »

L'inspecteur se mit à rire.

« Eh bien, ils peuvent se brosser ! Ils n'ont aucune chance.

— En êtes-vous bien certain ?

— A cent pour cent. Le monastère est dans un coin si reculé, si perdu, qu'une expédition mettrait des jours et des jours pour y parvenir... Peut-être même des semaines ou des mois ! »

Je ne jugeai pas utile de révéler à ce brave homme les possibilités dont disposaient le docteur Tod et sa Ligue du crime.

Marian interpréta autrement mon air pensif.

« Vous savez, mon cher collègue, me dit-il, ici beaucoup de choses sont différentes de chez vous en Europe. L'Himalaya, ce n'est pas les Alpes.

— Très juste !

— C'est pourquoi je pense que vous pouvez tranquillement nous laisser lancer un mandat d'amener contre cette femme. Il y a sans doute beaucoup d'Européens dans ce pays, mais ils ne sont tout de même pas assez nombreux pour qu'elle puisse se cacher longtemps. Nous finirons bien par l'avoir. Et avec son compagnon, elle nous mettra sur la piste des moines. Ceux-là, je ne suppose pas non plus qu'ils retourneront dans leur monastère, et, par moments, j'ai même tendance à croire à une plaisanterie. Il n'y a pas d'hommes qui puissent résister à une balle ! »

J'étais bien placé pour savoir que si, mais je préférais ne rien dire.

« Que comptez-vous faire, maintenant ? » me demanda mon collège népalais.

Une trace de méfiance perçait dans sa question. Il craignait que je ne vienne mettre le nez dans ses affaires. C'est pourquoi je lui débitai un pieux mensonge :

« Je vais rester ici et visiter un peu le pays. Le reste, mon cher Marian, c'est votre travail ! »

Il m'adressa un large sourire.

« Excellente idée, mon cher collègue. Disons deux ou trois jours, et j'aurai cette femme. Vous pourrez alors la ramener en Angleterre et la faire inculper... Et vous serez décoré !

— Vous êtes très encourageant !

— J'ai toujours été optimiste, déclara Marian, et cela m'a toujours réussi.

— Alors, c'est très bien. »

Je me laissai glisser du tabouret.

« Vous partez déjà ? me demanda Marian.

— Je remonte seulement dans ma chambre, répondis-je. Je sais que l'affaire est entre de bonnes mains. »

Il approuva en hochant la tête.

« Vous pouvez compter là-dessus, dit-il fièrement. Je vous prouverai que ce n'est pas seulement dans la bonne vieille Angleterre qu'il y a de bons policiers ! Cette Lady X, nous l'aurons, en un rien de temps.

— Je vous le souhaite. »

Je parlais sincèrement. Le seul ennui, c'est que ce brave Marian ne connaissait pas Barbara Scott.

A la réception, je demandai en vain Pang Lim. Où pouvait-il avoir filé ? Taï Pé, notre contact, restait également invisible. J'étais seul, absolument seul. Et ça ne me plaisait pas du tout.

Taï Pé s'était élancé avant Pang Lim, mais le Chinois le rattrapa en deux bonds et se précipita à la poursuite du moine. Il pénétra en trombe dans le temple et aperçut Brahdana de dos. Celui-ci courait étonnamment vite pour un homme de son âge. Il disparut de l'autre côté de la statue de Bouddha. L'instant d'après, Pang Lim l'entendit crier : « Criminels ! Misérables sacrilèges ! Que la colère de Bouddha vous frappe et vous anéan... »

Brahdana ne termina pas sa phrase. Sa voix se brisa.

Pressentant le pire, Pang Lim contourna la statue et tomba sur le moine qui s'était immobilisé et vacillait sur ses jambes. Un poignard était planté dans sa poitrine. L'arme avait été lancée par l'une des trois horribles créatures à la tête d'or qui venaient de faire irruption dans le temple.

Les autres moines fuyaient, terrifiés par les Têtes d'or. Seul, Brahdana avait osé leur faire front. Il semblait bien ne pas s'être trompé dans sa prophétie : il allait mourir.

Les deux mains crispées sur le manche du poignard, il reculait en chancelant. Puis il plia les genoux, et il tomba de tout son long, devant la statue.

La colère enflamma Pang Lim. Pour la première fois, il voyait ces effrayantes figures à la tête d'or. Etaient-ce des hommes, des démons, des zombies ?

En tout cas, des ennemis ! Et ils se rapprochaient.

Le Chinois ne pouvait attendre aucune aide. Les moines du temple avaient fui. Seul Taï Pé, malgré son grand âge, s'avançait pour intervenir.

« Non ! lui cria Pang Lim. Pas toi ! Je m'en charge ! »

Les Têtes d'or l'avaient compris, ils convergèrent vers le Chinois.

Pang Lim se demanda quelles étaient les

armes dont il disposait : le Beretta, puis le fouet à démons qu'il portait toujours sur lui, enfin le bâton consacré par Bouddha.

Allait-il l'essayer ici pour la première fois ? Il y renonça, comme il renonça au Beretta, ayant appris par Sinclair que les balles d'argent ne pouvaient rien contre ces moines.

Restait le fouet à démons. Ce terrible fouet, qui n'appartenait à aucune religion, à aucune culture, et qui avait jadis été la propriété d'un démon, lequel s'en servait pour éliminer ses congénères.

Pang Lim tira son fouet, le fit tournoyer. Les trois longues mèches jaillirent et claquèrent sur le sol.

En entendant ce bruit, les assaillants parurent un instant surpris, puis, se ressaisissant, foncèrent sur le Chinois, l'attaquant de trois côtés à la fois. Mais Pang Lim déjoua cette tactique. Il bondit en arrière, et, prenant pour cible l'adversaire de droite, il leva son fouet, et frappa.

Le coup surprit le moine qui brandissait son poignard. Les trois lanières claquèrent sur son visage doré.

Un cri horrible jaillit derrière le masque d'or. Arrêté dans son élan, l'homme leva les deux bras, vacilla... Soudain, son visage subit un affreux changement. L'or se ramollit, se transforma en une masse pâteuse qui brûla le cou de l'homme et dégoulina sur sa tunique.

Quelqucs gouttes tombèrent par terre et se volatilisèrent en sifflant.

Lentement le moine chavira, puis il tomba, et son front heurta le sol à quelques centimètres des pieds de Pang Lim.

Il avait cessé de vivre.

Pang Lim eut un petit ricanement. Il avait réduit d'un tiers le nombre de ses adversaires, et il était sûr de régler le compte des deux autres.

Ceux-ci avaient surmonté l'effroi que leur avait causé la mort de leur congénère, et ils s'avançaient des deux côtés, en veillant à rester hors de portée du fouet. Pang Lim observa leurs mouvements, recula, puis soudain il bondit, frappa, mais les moines l'évitèrent adroitement. Le fouet claqua dans le vide. Le moine situé à la gauche de Pang Lim essaya de le poignarder. Il leva le bras, la lame étincela...

Pang Lim, un instant déséquilibré, se reprit et, par une manchette éclair, atteignit le poignet du moine.

Celui-ci ne laissa pas échapper son arme, mais le coup fut dévié. La lame manqua le Chinois de l'épaisseur d'un cheveu.

Pang Lim vira alors sur lui-même, surprenant ainsi le mouvement de son autre adversaire qui s'apprêtait à le poignarder dans le dos. De nouveau le tranchant de sa main claqua sur le poignet de l'homme dont le bras fut rejeté en arrière. En même temps, le poing gauche de Pang Lim s'enfonçait dans son estomac.

Le moine recula en titubant. Pang Lim eut un instant de répit, mais déjà l'autre revenait sur lui. Et il n'était pas seul : d'une main, il avait saisi Taï Pé à la gorge, de l'autre il lui piquait son poignard en pleine poitrine. Il lui suffirait d'appuyer...

Le Chinois sut alors ce qu'il devait faire : il laissa tomber son fouet dont il ne pouvait plus se servir. Son second adversaire, par un habile mouvement tournant, réussit à se placer dans son dos, leva le bras, son poignard brilla.

En danger de mort, Pang Lim n'avait plus qu'une ressource : faire jouer le bâton. C'était la seule chance de salut pour Taï Pé et pour lui-même.

Le moine frappa. Pang Lim fit un bond de côté, le coup le manqua, et il eut le temps de tirer de sa poche le bâton que lui avait offert Brahdana.

« Topar ! » cria-t-il.

A l'instant même, tous les acteurs du drame à l'exception de Pang Lim, se figèrent sur place. L'homme qui avait tenté de frapper le Chinois restait à demi courbé en avant, étreignant son arme. L'autre, celui qui tenait Taï Pé, était également immobilisé.

Seul, le Chinois pouvait bouger, et il devait faire diablement vite, car il ne disposait que de cinq secondes. Il devait les utiliser pour sauver la vie de Taï Pé.

Il agit comme l'éclair. Il aurait pu tuer les deux moines, mais cela lui était interdit. Il suffirait de les éliminer.

Pang Lim s'en prit d'abord au gaillard qui

tenait Taï Pé, en le tirant en arrière et en lui tordant le bras. Ce fut un jeu d'enfant de lui enlever son poignard, qu'il jeta au loin.

Restait l'autre adversaire. Mais tout d'abord le Chinois empoigna Taï Pé à bras-le-corps pour aller le déposer à l'écart, hors de la zone dangereuse.

Soudain, tout se ranima. Le moine qui avait essayé de poignarder Pang Lim poursuivit son mouvement, mais frappa dans le vide, ce qui lui fit pousser un cri de stupeur. Déjà Pang Lim bondissait sur lui et lui assenait une manchette au cou.

L'homme recula en trébuchant, ce qui permit au Chinois de ramasser son fouet à démons. Il frappa. Les trois lanières s'enroulèrent autour de la tête du moine.

Et de nouveau, l'affreux spectacle se reproduisit. L'or se mit à fondre comme du beurre chauffé, il coula sur le visage de l'homme et imprégna ses vêtements.

Il n'y avait plus qu'un adversaire, le moine désarmé. Celui-ci tenta de prendre la fuite. Pang Lim se lança à sa poursuite, fit tournoyer son fouet. Cette fois, les mèches n'atteignirent pas la tête de l'homme, mais son dos.

Le moine essaya d'ouvrir la porte du temple, mais il s'écroula. De son dos s'éleva une fumée nauséabonde, qui obligea Pang Lim à reculer de quelques pas pour ne pas la respirer.

Les trois moines étaient morts.

Le Chinois reprit son souffle, puis fit signe à Taï Pé.

« Nous avons réussi ! dit-il simplement.

— C'est toi qui as réussi ! corrigea le Tibétain.

— Seulement avec l'aide de Bouddha !

— Dommage que Brahdana n'ait pas pu voir ça ! soupira Taï Pé.

— Si, j'ai tout vu... » murmura une voix.

Pang Lim et Taï Pé se retournèrent, puis s'élancèrent vers le moine qui gisait sur le sol. Il n'était pas encore mort, mais cela ne tarderait plus. Les deux hommes s'agenouillèrent auprès du moribond.

Brahdana eut un faible sourire.

« Pang Lim, tu es digne d'avoir le bâton sacré, dit-il d'une voix faible. Tu réussiras dans ta mission... Avec Taï Pé, vous détruirez le Bouddha d'or... Vous deux... »

Sa voix se brisa. Un dernier sourire apparut sur son visage et y resta quand il eut cessé de vivre.

Pang Lim se redressa, tandis que Taï Pé fermait les paupières du mort. Silencieusement, les moines revenaient dans le temple, et se groupaient autour des deux hommes et du corps de Brahdana. Beaucoup avaient les larmes aux yeux.

Le Chinois se redressa, s'écarta sans un mot, car ce qui allait se passer maintenant n'était plus son affaire.

Un peu plus tard, quand Taï Pé revint vers lui après s'être entretenu avec les moines qui préparaient la cérémonie funèbre, Pang Lim regarda sa montre. Beaucoup de temps s'était écoulé ; il lui fallait regagner l'hôtel.

« Viens-tu avec moi ? demanda-t-il à Taï Pé.

— Bien sûr, répondit le Tibétain. Je vous accompagne.

— Connais-tu le chemin jusqu'au monastère ? »

Le vieil homme fit signe que oui.

« J'y suis allé autrefois à pied, dit-il, mais nous sommes pressés. Nous irons plus vite, en prenant un hélicoptère...

— J'y songeais aussi, déclara Pang Lim. Mais qui le pilotera ?

— Je trouverai un pilote qui s'en chargera. »

Les deux hommes quittèrent le temple et regagnèrent à pied l'hôtel où Sinclair les attendait avec impatience.

« Que s'est-il passé ? » m'écriai-je en les voyant enfin apparaître, car j'étais assez inquiet sur leur sort.

Pang Lim me mit au courant de ce qui était arrivé. Ses exploits me laissèrent pantois.

« Ainsi, tu les as éliminés ! m'écriai-je.

— Pas moi, fit-il en souriant. Le fouet à démons et le bâton sacré ! »

Il me montra celui-ci.

Prudemment, je pris le bâton en main et m'étonnai de sa légèreté. Pas un instant, je ne doutai des explications de mon ami, car depuis longtemps j'avais appris qu'entre ciel et terre il y a plus de choses que n'en peut rêver la philosophie... comme dit Hamlet.

« Il serait temps de faire nos préparatifs de voyage », observa Taï Pé.

Je me fis expliquer son plan, et me déclarai d'accord avec lui. Taï Pé dressa la liste de ce dont nous aurions besoin comme équipement. Pang Lim et lui s'en occuperaient. Moi, je ne bougerais pas de l'hôtel, car je me méfiais de l'inspecteur de police. Craignant que je ne continue à m'occuper de l'affaire, il devait m'avoir mis sous surveillance.

CHAPITRE 10

Je me demandai comment Taï Pé avait pu conserver tant de relations ici, alors qu'il vivait depuis si longtemps à Londres. En tout cas, il se débrouilla pour nous trouver un hélicoptère ainsi qu'un pilote. Ce dernier était un petit homme au corps bizarrement proportionné : épaules trop larges, jambes trop courtes, mais longs bras solides. En nous voyant, il s'inclina, tandis que son visage se couvrait de mille plis.

« Voici Fu, nous dit le Tibétain en nous le présentant. Il connaît parfaitement la montagne, car il appartient à l'équipe de secours. Pour nous, il a pris un congé spécial. »

Taï Pé s'était occupé de nos équipements, qui étaient entassés dans deux sacs de marins. Il s'agissait principalement de vêtements chauds, car nous allions monter à 4 000 mètres.

« J'espère que vous vous habituerez vite au climat des hautes altitudes, me dit Taï Pé. Là-haut, l'air est raréfié, et vos mouvements sont forcément un peu ralentis. »

C'est ce que je craignais moi aussi. Certes, j'avais assez souvent passé des vacances en altitude, mais jamais à plus de 3 000 mètres.

J'allai examiner notre hélicoptère. C'était un appareil militaire, couleur vert-de-gris, sans emblème de nationalité, et portant l'écusson du Secours en montagne.

« On a fait le plein, me dit Pang Lim. Nous pouvons décoller. »

Auparavant, nous dûmes changer de vêtements. On nous accompagna dans une baraque. Comme la veille, un désagréable vent du sud soufflait, faisant claquer le pavillon au sommet du mât. Nous entrâmes dans une petite pièce.

Par un temps aussi chaud, il était vraiment pénible d'endosser une parka fourrée. Rien qu'à la voir, je transpirai.

« Tu seras bien content de l'avoir sur le dos, quand nous serons là-haut ! » me dit Pang Lim en riant.

J'ouvris ma valise et y jetai un coup d'œil.

Je portais déjà sur moi mon pistolet et ma croix. Les deux s'étant révélés également sans effet sur les fidèles du Bouddha d'or, il me faudrait employer d'autres armes. Par précaution, je pris mon poignard d'argent, ainsi que la gemme gnostique que j'avais reçue un jour en Egypte. Elle pouvait m'aider en certaines circonstances. Puis je refermai la valise.

Devinant mes pensées, Pang Lim me tendit son fouet à démons.

« Tiens, prends-le, si tu trouves une petite place !

— Et toi ? demandai-je.

J'ai mon bâton », répondit-il en souriant.

Je glissai donc le fouet dans une poche de ma parka.

Taï Pé s'était changé lui aussi. Dans ses épais vêtements, il paraissait deux fois plus gros. Pang Lim, lui, ressemblait à un ours en peluche. Nous étions prêts.

« On y va ? » dis-je en me dirigeant vers la porte.

Fu nous attendait près de l'appareil. Il regardait le ciel d'un air soucieux.

« Ça ne va pas ? demandai-je.

— Voyez vous-même, sir. Ce ciel me tracasse. Le temps va changer. Regardez donc ces minces bandes blanches sur le bleu du ciel. Elles vont s'épaissir, ce sera la tempête.

— Pourrons-nous passer à temps ? demandai-je.

— Je l'espère. Je me suis déjà mis en liaison avec le poste de garde du Mur de la mort.

— Le Mur de la mort ? répétai-je.

— Oui, c'est ainsi que nous l'appelons. De nombreux alpinistes ont décroché là-haut. Nous serons obligés de survoler cette immense falaise, puis nous nous poserons près de la cabane du Secours en montagne pour reprendre du carburant. »

Nous nous dirigeâmes vers l'appareil. Fu grimpa le premier, et nous prîmes place sur les sièges de cuir, bas et larges. Pang Lim fourra nos équipements dans la soute, à l'arrière.

Taï Pé s'était installé auprès du pilote, car il connaissait le pays et pouvait servir de navigateur. J'étais assis derrière lui ; Pang Lim derrière le pilote.

De la tour de contrôle de l'héliport — une modeste baraque — on nous transmit un signal lumineux : « Décollage autorisé ».

Fu vérifia encore les instruments de bord. Pendant ce temps, je regardai à travers la vitre. Des nuages de poussière, soulevés par le vent du sud, volaient au-dessus de Katmandou. Un gros avion tournait dans le ciel, en attendant l'autorisation d'atterrir. Au nord s'élevaient les montagnes, et c'était assez inquiétant de contempler cet énorme massif qui se dressait au-dessus de l'océan vert de la jungle.

Fu avait mis son casque. Sa voix fut soudain couverte par le grondement du moteur. Puis nous entendîmes le flap-flap des pales du rotor. L'appareil frémit, trembla, décolla en douceur.

Notre vol vers l'inconnu avait commencé...

Les montagnes se rapprochaient.

Déjà, nous avions laissé la jungle derrière nous, et les lieux que nous survolions n'offraient plus trace de végétation. Rien que des pierres, des éboulis, des rochers. Des bêtes sauvages décampaient quand elles entendaient le ronflement du moteur et voyaient l'ombre de l'hélicoptère tomber sur elles. Au-dessous de nous s'étendaient ces immenses plateaux parsemés de pierrailles, qui se terminaient souvent par de puissantes falaises dont les cimes se découpaient sur le ciel encore sans nuages.

Il commençait pourtant à changer de couleur. Le bleu clair fonçait peu à peu et tirait vers une teinte grisâtre.

Le changement de temps s'annonçait. J'espérais seulement que nous aurions atteint notre but auparavant...

La falaise rocheuse, à l'extrémité de l'immense plateau, se rapprocha, s'éleva devant nous, gigantesque et menaçante. Ce devait être ce Mur de la mort dont nous avait parlé Fu.

Le pilote se tourna à demi et nous la montra du doigt. Sans doute voulait-il nous dire qu'il s'agissait bien du mur.

Bientôt, l'angle d'approche devint si aigu que je cessai d'apercevoir le ciel. L'hélico fonçait vers la falaise. L'angoisse s'empara de moi.

Pourquoi Fu n'élevait-il pas l'appareil ? S'il continuait ainsi, nous n'allions pas tarder à nous fracasser contre le roc. Ou bien, évaluais-je mal la distance ?

Je jetai un regard du côté de Pang Lim. Lui aussi plissait le front.

« Pourquoi ne montons-nous pas ? » criai-je au pilote.

Il n'entendit pas, ou ne voulut rien entendre.

Je perdis confiance, et m'étonnai que Taï Pé lui-même n'intervînt pas.

Déjà la paroi était si proche qu'on en distinguait les failles.

Je me dressai, me libérant de ma ceinture. Plié en deux, j'avançai et allai frapper sur l'épaule de Taï Pé.

Il tomba en avant. Sans sa ceinture, il se serait écroulé sur le plancher.

Au même instant, Fu se retourna.

J'eus l'impression de recevoir une douche d'eau glacée.

Le pilote Fu avait une tête d'or !

CHAPITRE 11

Derrière les murs épais de l'immeuble de la police, qui datait du temps de l'occupation anglaise, l'inspecteur Marian était tapi comme une araignée au centre de sa toile.

La pièce où il travaillait comportait deux bureaux, un classeur et quatre chaises. Généralement, l'inspecteur y était seul, et il se prélassait entre ses trois téléphones dont un le reliait directement à son chef.

Ce jour-là, pourtant, Marian était de mauvaise humeur. Il pensait à ce collègue anglais venu dans son pays sans qu'on l'en eût informé. Il avait horreur que l'on agisse derrière son dos. Aussi avait-il chargé un homme de surveiller l'Anglais de près.

Le téléphone sonna.

« Sinclair a disparu », annonça simplement l'adjoint de Marian.

Marian blêmit.

« Quoi ? Qu'est-ce que ça signifie ? gronda-t-il.

— Il a quitté l'hôtel. J'étais sur ses talons... et il a disparu.

— Tu ne sais pas où il est allé ?

— Non. Il y avait deux hommes avec lui. On aurait dit des Chinois.

— On aurait dit, ou *c'étaient* des Chinois ?

— Je n'ai pas pu m'approcher suffisamment pour voir.

— Crétin ! » rugit l'inspecteur.

Son subordonné laissa passer l'insulte.

« Il y a autre chose, reprit-il. Des indicateurs à nous croient avoir vu ces hommes sur l'héliport du Secours en montagne. »

Marian faillit s'étrangler. Nom d'un chien ! Ce Sinclair de malheur avait dû s'envoler pour se rendre au monastère. Il l'avait roulé, lui, Marian ! De rage, il cassa un crayon.

Surpris par ce bruit, son interlocuteur demanda :

« Vous êtes toujours en ligne, chef ?

— Bien sûr, animal !

— Nous avons aussi trouvé un mort, rapporta l'autre. Un pilote. Trouvé tout près de l'aérodrome.

— Où es-tu ? » s'écria Marian.

L'homme indiqua l'endroit.

« Ne bouge pas, ordonna Marian. J'arrive ! »

L'inspecteur se leva d'un bond. Ce Sinclair ! se disait-il. Une drôle de canaille ! Il m'a roulé, mais lui aussi s'est fait avoir, apparemment ! Pour preuve, le meurtre de ce pilote. Et comment Sinclair allait-il parvenir à son but ? Est-ce que par hasard, on ne lui aurait pas refilé un faux pilote, à lui et ses amis ?

Marian eut un rire crispé. Il avait bien l'impression qu'il ne les reverrait pas vivants, ces messieurs d'Angleterre !

Ne sachant pas si Pang Lim avait compris ce qui se passait, je décidai d'agir seul.

Mes deux poings atteignirent le pilote au visage. Pour la première fois, j'eus un contact direct avec un de ces masques d'or. Le métal était tiède, et non pas froid comme je m'y attendais.

Sous le coup, l'homme lâcha le manche à balai et l'hélicoptère menaça de se mettre en vrille.

Mais Pang Lim avait compris. Il se leva de son siège, mais il eut du mal à maintenir son équilibre.

Je m'étais jeté sur l'homme au visage d'or. De la main gauche je le maintenais à demi renversé ;

de la droite, je cherchais sous ma parka le fouet à démons. Je le tirai de ma poche.

Voyant que je ne pouvais pas déployer le fouet, Pang Lim me le prit et frappa en demi-cercle sur le sol, faisant ainsi jaillir les trois lanières.

« Enlève-toi de là, John ! » cria-t-il.

Je lâchai le pilote et m'écartai vivement.

Au même instant, l'hélico fit une embardée. Je me retrouvai sur le plancher, tandis que Pang Lim s'écroulait sur Taï Pé.

L'homme au visage d'or s'en tira mieux que nous. Projeté contre la paroi, il y prit appui et s'extirpa de son siège. Il voulut alors s'attaquer à Pang Lim.

Je le contrai en repliant ma jambe droite et en frappant à toute volée. Ma lourde chaussure l'atteignit à l'estomac.

Il fut de nouveau rejeté en arrière, mais ne tarda pas à se remettre debout.

Pang Lim aussi s'était redressé. Les trois lanières sifflèrent dans l'air et claquèrent sur le visage d'or.

Pour la première fois, je vis comment mourait un serviteur de l'idole. En une seconde, la masse dure qui couvrait son visage se ramollit, se décomposa, coula en formant d'horribles dessins. Sous l'or, la peau apparut.

Je ne m'attardai pas à ce spectacle fascinant, car il fallait faire vite. Le cadavre bloquait le siège du pilote. Pang Lim et moi saisîmes le corps pour le déposer dans la travée.

Un violent tremblement s'était emparé de l'appareil. Il fut rudement secoué tandis que je sautais sur le siège.

Mâchoires serrées, je regardai à travers le pare-brise. La paroi rocheuse semblait à portée de main. Nous aurions dû sauter en parachute, mais ceux-ci étaient dans la soute !

Il fallait tenir jusqu'au bout.

Je tirai frénétiquement sur le manche pour faire monter l'appareil. Simultanément, je réduisis la vitesse au minimum. Chaque seconde gagnée pouvait éviter l'écrasement contre la montagne.

Et l'appareil réagit !

Avec lenteur, avec une infinie lenteur, il s'éleva. On le sentait à peine, mais il montait, gagnait en altitude.

Bizarrement, j'étais glacé par l'effort, en même temps que la sueur ruisselait de mon front. J'avais pu écarter le premier danger. Il semblait bien que nous ne nous écraserions pas sur la montagne.

Les battements de mon cœur reprirent peu à peu un rythme normal. Je respirai à fond.

« Occupe-toi de Taï Pé ! » dis-je à Pang Lim.

Le Chinois se pencha pour examiner le vieux Tibétain.

Cette falaise rocheuse n'en finissait pas. L'hélicoptère montait, montait toujours. Devant le pare-brise, la paroi grise et brune continuait à défiler comme un film...

« Ça va, fit Pang Lim. Il n'est qu'évanoui. »

Il me mit sous le nez une minuscule flèche.

« Je l'ai trouvée piquée dans son cou. Le pilote a dû la lui tirer sans qu'on n'ait rien remarqué. »

J'espérais que Taï Pé ne resterait pas trop longtemps sans connaissance, car j'avais besoin de ses conseils.

Nous approchions enfin du sommet de la paroi. J'aperçus un coin de ciel qui avait perdu sa couleur bleue pour devenir d'un gris menaçant. Des taches blanches recouvraient les pierrailles comme un dessin de tapisserie. L'appareil atteignit la cime de la falaise, monta encore...

Maintenant, nous pouvions voler à l'horizontale. J'augmentai la vitesse. L'appareil obéissait bien.

Au-dessous de nous s'étendait un vaste plateau, enserré à droite et à gauche par de hautes montagnes. Leur sommet était ourlé de nuages qui s'épaississaient et descendaient lentement les pentes. Cela venait sur nous !

Mais où se trouvait donc le poste de secours ? Je regardai de tous côtés. Pang Lim lui aussi cherchait, et il fut le premier à découvrir le petit drapeau qui claquait au vent.

« Ça doit être ça ! » fit-il en pointant le doigt devant lui.

Au milieu de ce désert isolé se dressaient deux bicoques de pierre dont les toits en pente s'appuyaient au versant ouest. Devant elles s'étendait un espace libre où je pouvais atterrir. Délicate entreprise pour un amateur comme moi.

« Alors, tu te poses ? demanda Pang Lim.

— Il faut bien ! » fis-je avec un petit rire forcé.

Je décrivis un vaste cercle. Près de l'une des cabanes, je remarquai une pompe à essence d'un modèle archaïque. L'hélicoptère perdit de l'altitude. Je manœuvrai le manche avec douceur, comme s'il était en verre. Le vent du rotor souleva des nuages de poussière qui se dissipèrent lentement.

Enfin, les longs patins touchèrent le sol. Il y eut une forte secousse et l'hélico s'immobilisa.

Je poussai un soupir de soulagement. Pendant quelques instants, nous restâmes sans bouger, songeurs. Je me serais volontiers reposé plus longtemps, mais le temps pressait.

Pang Lim se leva le premier et ouvrit la portière.

Un vent glacé nous frappa au visage. Après la chaleur tropicale de Katmandou, ce fut véritablement un choc. Nous pouvions nous féliciter de porter d'épais vêtements d'hiver.

Je sautai à terre. Le silence de la montagne nous submergea. Sur les pentes, les gros nuages descendaient, toujours plus bas, toujours plus sombres, ne laissant presque plus passer le soleil.

Je me demandai pourquoi personne ne sortait de l'une ou l'autre des cabanes. La station était-elle inoccupée ?

La même pensée inquiéta Pang Lim.

« Bizarre ! grogna-t-il. Moi, dans cette solitude, je serais content de recevoir de la visite ! »

Je m'approchai de la première cabane. La porte en était grande ouverte et claquait au vent.

Une rafale tomba sur nous, souleva un tourbillon de poussière, nous ébouriffa les cheveux. Je pénétrai à l'intérieur et fus frappé par l'odeur d'essence.

La moitié de la pièce était remplie de tonnelets d'essence. Je me réjouis d'abord, mais constatai bientôt que les bouchons manquaient aux tonnelets. Nous les examinâmes un par un. Ils avaient tous été vidés !

Un terrible soupçon germa dans mon esprit.

« Viens ! » criai-je à Pang Lim, et je sortis de la cabane.

Nous trouvâmes les deux hommes dans la seconde cabane. Couchés l'un sur l'autre. Morts.

CHAPITRE 12

Je serrai les poings. Je savais au compte de qui il fallait inscrire ces meurtres ! Ce ne pouvait être que Lady X.

Pour en être tout à fait certain, je passai à côté des cadavres et allai extraire une balle qui s'était fichée dans la cloison. C'était une balle de mitraillette. Or, Lady X était pratiquement mariée avec ce type d'arme.

Nous ressortîmes, et je tirai la porte. Nous n'avions pas le temps d'ensevelir les deux hommes. De plus, nous avions déjà un cadavre sur les bras.

Pang Lim courut jusqu'à l'hélico pour aller le chercher. Lorsqu'il l'eut descendu, Taï Pé apparut dans la portière, encore un peu chancelant sur ses jambes. Pang Lim avait déployé l'échelle pour lui.

« Je sais, dit Taï Pé quand il m'eut rejoint.

— Oui, les autres ont été plus rapides ! grommelai-je. Reste à savoir comment on va continuer. Sommes-nous encore loin ?

— Nous avons couvert la moitié de la distance. »

Pang Lim sortait de la cabane où il venait de transporter le troisième cadavre.

« Le réservoir est encore à moitié plein, déclara-t-il.

— Alors, nous pouvons y arriver, dit Taï Pé.

— Seulement, il faudra revenir à pied ! fis-je remarquer avec un petit rire grinçant.

— Nous pouvons aussi retourner à Katmandou, suggéra Taï Pé.

— Non, dis-je. Nous devons détruire le Bouddha d'or, même si nous sommes forcés de revenir sur les genoux ! »

Pang Lim approuva. Taï Pé se déclara d'accord lui aussi.

« Peut-être réussirons-nous à arriver là-bas avant les autres ? dis-je en regardant Taï Pé.

— Oui, fit-il. Il existe une autre route pour atteindre le monastère. Mais elle est plus dangereuse.

— Prenons-la ! » décidai-je.

Ça ne tarda pas à s'aggraver. Nous survolions encore la grande vallée quand les nuages s'épaissirent jusqu'à interdire toute vision.

Nous étions en pleine purée de pois. Personne ne disait mot, mais chacun de nous savait que nous aurions une sacrée chance si nous ne nous écrasions pas sur quelque falaise. Pas question d'essayer de passer par-dessous la couche de nuages ; elle était trop proche du sol.

Eh bien, nous passerions par-dessus !

Je risquai le coup. J'actionnai le gouvernail. L'appareil obéit, monta dans le mur de nuages. Malheureusement, je n'avais pas pu évaluer son épaisseur. J'espérais toutefois pouvoir le survoler, bien que l'air se raréfiât de plus en plus, ce qui risquait de ne pas convenir au moteur.

Le vent secoua l'appareil, et une véritable bourrasque s'abattit sur nous, et soudain, un tourbillon de flocons dansa autour de l'appareil. La température devint vite glaciale.

Un nouveau danger s'ajoutait aux autres. Avec un froid pareil, le rotor pouvait givrer. Ce serait la catastrophe.

« Faut-il continuer à grimper ? demandai-je à Pang Lim.

— Tu penses au froid ? me répondit-il. Ce mur de nuages ne peut pas durer éternellement ! Je...

— Ça s'éclaircit ! » coupa Taï Pé.

C'était vrai. L'épais voile de neige devenait

plus transparent. Soudain, l'appareil creva la couche de nuages.

Je repris aussitôt mon vol à l'horizontale.

Sous nos yeux se déployait un tableau magnifique. Au-dessous de nous roulait l'immense mer de nuages, mais à droite et à gauche, nous apercevions les géants neigeux de l'Himalaya. Le spectacle était si imposant qu'un frisson me parcourut le dos. Je ne pouvais m'arracher à cette vision.

Taï Pé, lui, gardait son sens pratique.

« Changement de cap ! » me lança-t-il.

Je repris la direction du sud, toujours au-dessus de la mer de nuages. La première cime se rapprocha. Je l'estimai à 7 000 mètres d'altitude.

Pas question de la survoler, il fallait la contourner. Je fis descendre encore un peu l'hélicoptère, et nous fûmes pour ainsi dire placés aux premières loges pour scruter le cœur des vallées qui se succédaient. Dans certaines, les nuages pesaient comme d'énormes boules de coton, mais la plupart étaient déjà complètement dégagées.

La chance nous favorisait, semblait-il, car le front des intempéries se trouvait maintenant derrière nous. Aucun indice d'une nouvelle détérioration du temps.

Je descendis encore. Nous avions le vent dans le dos. L'appareil n'avait plus à lutter pour avancer ; du coup, nous économisions du carburant. Comment reviendrions-nous ? Je nous voyais mal refaire tout ce chemin à pied...

L'air était pur, la visibilité excellente.

J'étais maintenant descendu si bas que la température extérieure remontait au-dessus de zéro.

« Sommes-nous encore loin ? demandai-je à Taï Pé.

— Il n'y en a plus pour très longtemps », répondit-il.

Puis il me fit encore changer de cap, et nous entrâmes dans une vallée si étroite qu'on avait l'impression que les pales du rotor allaient accrocher les parois rocheuses.

Après cela, nous vîmes s'étendre devant nous un immense plateau.

« Il faut encore aller jusqu'à l'autre bout, m'expliqua Taï Pé. C'est là que se trouve le monastère. »

Ce plateau était semblable aux autres : rude et nu, ravagé par le vent et le mauvais temps. Le versant sud était relativement en pente douce. En face, la vallée s'élevait progressivement pour se terminer par une haute falaise. Très loin derrière elle, les glaciers luisaient aux rayons du soleil déclinant.

Un énorme mur de rochers, au-dessous de moi, attira mes regards. Il barrait la vallée d'un versant à l'autre. Quand nous l'eûmes survolé, nous pûmes voir jusqu'au fond de la vallée.

« Voilà le monastère ! » dit Taï Pé.

Très loin après le barrage de rochers, j'aperçus en effet le groupe de bâtiments, ceints d'une muraille brune.

« Faut-il atterrir ? demandai-je à Taï Pé.

— Non, il y aurait encore trop à marcher.

— On nous verra arriver ! objecta Pang Lim.

— C'est certain, répondit le Tibétain. Mais de toute façon les moines le sauront. »

Je mis donc le cap sur les murs du monastère. Nous restions silencieux, tendus.

Puis je commençai à chercher un terrain d'atterrissage. Le sol de la vallée était inégal, parsemé de gros blocs de rochers qui constituaient autant de pièges.

Un coup d'œil à la jauge d'essence m'apprit que l'aiguille était proche de zéro.

« Nous devrions atterrir », me conseilla Taï Pé.

Il me fallait trouver une aire convenable. Je descendis doucement. Les pales du rotor soulevèrent la poussière qui recouvrait le sol. Enfin j'aperçus un endroit relativement dégagé où je pouvais risquer un atterrissage.

Pendant un moment, l'hélicoptère resta immobile dans l'air, puis je le fis descendre encore. Un coup de vent nous assaillit soudain et l'atterrissage faillit mal se terminer, car je fus incapable de rester à la verticale. Le patin gauche toucha le premier le sol, puis le droit...

L'appareil se remit d'aplomb. Ouf ! Ça y était !

S'il n'y avait eu le monastère dans le lointain, on se serait cru sur la Lune, tant le paysage était désolé. Pas d'arbres, pas de buissons, rien que des pierres. Ici et là une maigre touffe d'herbes.

Nous ne nous trouvions qu'à cinq ou six cents

mètres du monastère, mais nous étions gênés par le terrain et devions lutter contre un vent violent qui nous fouettait le visage.

La marche était épuisante. Mon cœur battait plus vite, le sang bruissait dans mes oreilles. L'air raréfié de la haute montagne me donnait des vertiges. Le temps d'accoutumance avait été trop court.

Il nous fallut près d'une demi-heure pour arriver au monastère. Devant nous, s'élevait la grande porte d'entrée, massive, comme bâtie pour l'éternité. Si elle était fermée au verrou, nous serions bien incapables de la forcer !

« Essayons quand même ! » dit Pang Lim.

En même temps que mes compagnons, j'appuyai mon épaule à la porte, je poussai...

Et ça marcha ! Lentement, en raclant sur le sol, la porte bougea de quelques centimètres. Puis, nous parvînmes à l'entrouvrir suffisamment pour passer.

Ces derniers efforts nous avaient coupé le souffle, et nous dûmes faire une petite pause.

Toujours pas de moines à l'horizon. Pourtant, ils avaient dû nous voir, ou entendre quelque chose ! Sans doute se tenaient-ils cachés...

« On y va ? » demandai-je.

Je me glissai le premier par l'entrebâillement et me trouvai dans une immense cour intérieure. Sur ma gauche, un grand escalier montait le long d'une muraille et se terminait par une porte. Mais je vis aussi autre chose...

Un cimetière !

Nous nous attendions à tout, à une attaque par traîtrise, même à trouver un monastère abandonné... mais pas à un cimetière !

« Tu comprends ça, toi ? demandai-je à Pang Lim.

— Pourquoi pas ? Ils n'ont probablement pas d'autre endroit pour enterrer leurs morts. »

J'examinai le cimetière. Rien de comparable à un cimetière européen. Ici, pas de croix, pas de pierres tombales avec des inscriptions. Seuls des petits tertres de terre indiquaient que des moines y étaient ensevelis.

Quelque chose me tracassait. Aucune tombe n'était plate, comme on peut s'y attendre dans le cas de sépultures anciennes. Chacune consistait en un tertre surélevé, formé de terre fraîche, semblait-il...

Quant aux moines vivants, ils restaient invisibles.

Je fis signe à Pang Lim de me suivre.

« Eh bien, allons un peu voir si les autres portes sont ouvertes, elles aussi... », dis-je en m'engageant dans l'escalier.

Je montais lentement, car cet étroit escalier n'avait pas de rampe. Nous avancions à la queue leu leu, Taï Pé entre nous deux, Pang Lim fermant la marche.

De temps à autre, il se retournait pour jeter un regard sur ce lugubre cimetière.

Soudain il poussa un cri.

Je m'immobilisai.

« Regardez ! » fit le Chinois en nous désignant la cour intérieure.

Je ne m'étais pas trompé. Ces tombes étaient trop fraîches, et ces petits tertres cachaient ...des cadavres vivants.

Des cadavres vivants qui maintenant sortaient de leur fosse...

C'étaient les moines, et tous avaient des têtes d'or !

L'inspecteur Marian avait fait enlever le mort. L'homme avait été tué d'un coup de poignard, et quand l'inspecteur songea que les moines du bar de l'hôtel étaient armés eux aussi de poignards, il se dit que son collègue anglais avait peut-être eu raison, après tout...

Marian se sentait pris entre deux feux. Sinclair était un hôte de son pays, il jouissait de protections particulières, et s'il lui arrivait quelque chose, lui, Marian, aurait des comptes à rendre.

Que faire ? Marian n'en savait rien, et il contempla fixement son téléphone jusqu'à ce qu'une idée lui vînt.

Pourquoi porterait-il seul toutes les responsabilités ? Après tout, il avait un supérieur. Celui-ci était, premièrement, mieux payé que lui ; deuxièmement, il tenait à prendre lui-même toutes les décisions importantes.

Marian décrocha le combiné et demanda le

secrétaire du chef de la police. Il obtint aussitôt un rendez-vous.

Marian se frotta les mains. Ce n'était plus lui le responsable. Au Vieux de voir comment il se débrouillerait.

CHAPITRE 13

Immobiles, nous contemplions cet effrayant spectacle. Je comptai les tombes : il y en avait douze.

Donc, une douzaine d'adversaires — ce qui était beaucoup. Sans compter le Bouddha d'or que nous devions également détruire !

Les morts sortaient de leurs tombes glacées. De leurs épaules, ils soulevaient la terre friable, puis leur tête apparaissait, avec sa peau d'or qui luisait. De longs poignards luisaient aussi entre leurs mains.

« La malédiction du Bouddha d'or ! » chuchota Taï Pé.

Quand le dernier fut sorti de terre, ils se mirent en marche. Leurs mouvements n'étaient pas saccadés comme ceux des zombies, mais aussi souples que ceux d'hommes normaux. Et leurs réactions devaient être aussi rapides.

Les premiers atteignaient déjà l'escalier. Il fallait prendre une décision : combattre ou nous retirer. Nous ne pouvions quitter la cour intérieure. Restait le repli dans le monastère.

« Entrons là-dedans, dis-je. Si nous réussissons à détruire le Bouddha d'or, nous aurons peut-être une chance... Ces morts vivants doivent être en symbiose avec lui ! »

Au moment où les moines mettaient le pied sur les premières marches, j'ouvris la porte, jetai un coup d'œil à l'intérieur d'un long couloir, puis je fis passer Taï Pé. Pang Lim suivit.

Un grand silence nous accueillit.

Mais à peine avions-nous parcouru la moitié du couloir que la porte fut violemment poussée derrière nous.

« Vite ! Dépêchons-nous ! » cria Taï Pé en se mettant à courir tandis que Pang Lim et moi restions sur place.

Le couloir n'était pas large. Aussi nos adversaires ne disposaient-ils pas d'une grande liberté de mouvement, ne pouvant marcher qu'à deux de front.

Je les laissai venir.

« File ! criai-je à Pang Lim. Mais si je peux

d'abord en démolir deux ou trois... Je vous rejoins !... »

Je sortis le fouet à démons et choisis pour cible le premier moine à ma droite. Je m'avançai à sa rencontre et, comme il cherchait à me poignarder, les trois lanières magiques claquèrent sur son masque d'or qui fondit aussitôt. Le moine tomba à genoux, gênant les autres qui ne purent avancer.

Je frappai une deuxième fois. Encore un coup au but ! Le moine qui levait le bras pour me lancer son poignard ne put achever son geste. Il s'écroula comme une masse.

Il en restait encore dix...

A ce moment, j'entendis un cri. Je reconnus la voix ; c'était celle de Taï Pé !

Je me retournai et filai, plié en deux, dans la direction d'où était venu ce cri de détresse. Je faillis manquer l'escalier, m'arrêtai de justesse, et regardai en bas.

Mes yeux tombèrent dans la grande salle du temple où se dressait le Bouddha d'or. Figure fascinante, qui semblait coulée d'un seul bloc d'or pur !

L'un de ses bras était toujours replié, mais l'autre, le droit, était levé. Et sa main d'or tenait comme un vulgaire joujou un homme qui se débattait désespérément. Taï Pé !

Puis j'aperçus Pang Lim, étendu sans mouvement, devant la statue. Etait-il mort ? Désormais, j'étais seul contre le Bouddha d'or et la meute lancée à ma poursuite.

Le plus urgent était de dégager Taï Pé de la patte de cette maudite statue. Je dévalai l'escalier, sans cesser de regarder le Bouddha, et je remarquai qu'il n'avait plus d'yeux. A leur place, on voyait deux cavités noirâtres creusées dans l'or.

Bien qu'il fût aveugle, il avait attrapé Taï Pé, ce qui prouvait qu'il était toujours aussi dangereux. Comment sauver mon ami ? Je n'en avais pas la moindre idée. Derrière moi, j'entendais les cris des moines aux têtes d'or.

Je sautai les cinq dernières marches, fis quelques pas en trébuchant, retrouvai mon équilibre.

Il y eut un nouveau cri déchirant...

Je vis le Bouddha d'or élever encore le bras, puis l'abattre à toute volée, en ouvrant la main...

Taï Pé tomba comme une poupée désarticulée.

Je fermai un instant les yeux en entendant le bruit que fit le corps en s'écrasant sur le sol. Quand je les rouvris, Taï Pé avait cessé de vivre. A la position de son corps, je compris que la violence du choc lui avait brisé la nuque.

Une grande tristesse m'envahit, mais en même temps la fureur m'enflamma. Cet abominable démon allait le payer cher !

Je n'eus pas le temps de m'attaquer à lui. Ses dix serviteurs furent plus rapides. Ils avaient dévalé l'escalier et formaient un demi-cercle autour de moi.

Un grand silence se fit.

Nous nous observions. Devant moi, dix adversaires, derrière moi le Bouddha. Entre nous, Pang Lim toujours inanimé. Je voyais la blessure à sa tête et le sang qui avait inondé ses cheveux.

Pouvais-je espérer vaincre les dix moines ?

Le demi-cercle se resserrait. Je ne savais pas qui était le chef et je choisis le plus proche. Je fis une feinte sur ma gauche, me retournai et frappai.

Les trois lanières du fouet l'atteignirent à la tête, et il s'effondra. Je l'évacuai d'un coup de pied.

Puis je me mis à tourner sur moi-même, les lanières du fouet volant presque à l'horizontale et claquant au hasard. J'en tuai ainsi deux autres d'un coup ; leurs corps se tordirent sur le sol tandis qu'il s'en exhalait une nauséabonde vapeur verdâtre.

J'eus un rire furieux. Encore sept !

L'un d'eux évita le coup suivant, mal calculé. Il fut plus rapide, se rua sur moi et me saisit à bras-le-corps, cherchant à me renverser. S'il y parvenait, j'étais perdu. Deux autres s'élançaient à la rescousse.

Alors je le frappai du fouet dans le dos, car j'avais encore les mains libres. Le moine eut un sursaut, se détacha de moi, une vapeur répugnante monta de son dos. Puis sa prise se relâcha, et il tomba sur le sol.

Avec un mépris furieux de la mort, les six moines survivants se jetèrent sur moi.

Je ne pouvais plus rien opposer à cette masse. L'un d'eux parvint à me saisir le poignet droit et à me tordre le bras en arrière. Je hurlai de douleur, et dus lâcher le fouet si je ne voulais pas qu'il me casse le bras.

C'est ce qu'ils attendaient. Des mains s'abattirent sur moi, s'accrochèrent à mes vêtements, poussèrent, tirèrent pour me faire tomber, mais je résistai encore, debout. Je cognai au hasard autour de moi, avec les mains, avec les pieds. Mes manchettes claquaient sur les nuques, sans résultat. Mes poings heurtaient des visages, mais c'était comme si je frappais dans du caoutchouc. Ils parvinrent à me pousser jusqu'au mur. L'instant d'après, un coup violent m'atteignit à l'oreille gauche, l'onde de douleur me fit venir les larmes aux yeux, et je ne vis plus mes adversaires qu'à travers un voile.

Enfin, l'un d'eux me faucha les jambes d'un coup de pied, et je perdis contact avec le sol. En même temps un coup de poing derrière le crâne me fit voir trente-six chandelles. Je fus plongé en plein cirage, et sentis seulement que je tombais sans que personne tentât de me retenir.

Je heurtai le sol violemment. Mon visage toucha le plancher. Je saignais du nez, une bosse énorme enflait sur mon front, et j'eus soudain le sentiment que tout m'était égal.

J'étais vidé, pompé, groggy. Les adversaires avaient été trop nombreux. Par-dessus le marché, je n'avais pas été en meilleure forme, depuis le début. L'air raréfié de la haute montagne ne permet pas de déployer de trop gros efforts physiques.

Ils avaient gagné.

Ils me laissèrent le temps de récupérer... A cela près que deux d'entre eux étaient agenouillés sur mes jambes, et que deux autres pesaient sur mes bras.

Je haletais. Je cherchais désespérément à respirer, mais j'avais l'impression d'avoir perdu la moitié de mes poumons tant j'avais lutté au-delà de mes forces. En tournant légèrement la tête, je vis un moine lancer un furieux coup de pied au fouet à démons, qu'il envoya au loin.

Puis la pression sur mes jambes se relâcha, et les deux moines qui maintenaient mes bras m'aidèrent à me remettre sur pied. Je serais retombé s'ils ne m'avaient pas soutenu.

De là où j'étais, je voyais l'énorme statue du Bouddha d'or, mais comme à travers un voile. Mon cœur battait à coups redoublés. Si j'avais pu, je me serais de nouveau allongé par terre et j'aurais dormi. Mais les moines ne l'entendaient pas de cette oreille, et ils me traînèrent vers le Bouddha.

Qu'allaient-ils faire de moi ?

Pour l'instant, ils se contentaient de me soutenir. Je levai les yeux vers le Bouddha d'or. Du fond de ses orbites vides, j'eus l'impression qu'il me regardait. Les diamants avaient été volés, mais les voleurs avaient péri. Pourquoi les moines ne remettaient-ils pas ses yeux en place ?

J'eus la réponse un instant plus tard. L'un des moines grimpa agilement sur la statue, tira quelque chose de sous sa tunique, tendit le bras, et je vis briller entre ses doigts le gros diamant rouge qu'il logea dans l'orbite droite. Il fit de même pour la cavité de gauche.

A travers ces diamants, disait la légende, on pouvait regarder dans l'enfer. Eh bien, j'y croyais — sinon pourquoi tant d'hommes seraient-ils morts ? En dernier lieu, ce pauvre Taï Pé !

Et nous ? Pang Lim et moi foulerions-nous de nouveau le pavé de Londres, ou bien allait-on nous ensevelir misérablement dans les tombes de la cour intérieure ?

Le moine qui avait replacé les yeux du Bouddha redescendit. Il s'avança vers moi, puis, se tournant, me désigna la tête de la statue. Il prononça quelques mots, agita le poing de façon menaçante, et me montra de nouveau l'énorme Bouddha.

Je me demandai ce qu'il avait bien voulu dire. Et soudain, je compris pourquoi les moines ne m'avaient pas poignardé...

Ils voulaient laisser au Bouddha d'or le soin de me tuer !

Je fus saisi de terreur.

Son serviteur gesticulait toujours en direction de la statue. Un autre était allé chercher un pot d'argile. Il y plongea la main et projeta une sorte de farine grisâtre dans les coupes à encens qui se trouvaient aux pieds de la statue. Aussitôt, la fumée s'épaissit, l'odeur devint plus forte, et les yeux du Bouddha commencèrent à bouger.

Ils roulèrent dans leurs orbites, se posèrent sur moi, et je frémis sous ce regard.

Puis le Bouddha bougea les bras, les écartant avec une infinie lenteur. La tête de mort qui reposait dans sa main gauche roula par terre sans se briser. Un moine alla la ramasser pour la déposer devant les jambes croisées de la statue vivante.

Maintenant, le Bouddha avait levé à demi les deux bras. Ses paumes étaient tournées vers l'extérieur, et je les contemplais avec terreur. De l'or, rien que de l'or, de ce métal précieux pour lequel des milliers d'hommes étaient morts. L'or qui avait noué une diabolique alliance avec ce Bouddha.

Le Bouddha inclina son crâne énorme. Soudain, deux rayons jaillirent de ses yeux, deux flammes vertes qui vinrent toucher la tête de mort.

Elle éclata avec fracas. Les débris volèrent de tous côtés, quelques-uns m'atteignirent. Puis, le crâne détruit, les rayons verts vinrent s'éteindre dans les yeux du monstre.

Les moines à tête d'or poussèrent des cris d'allégresse. Ceux qui ne me tenaient pas se mirent à danser.

Qu'était-il arrivé ? Pourquoi cette explosion de joie ? Je n'en savais rien, mais pour moi rien n'avait changé : j'étais toujours voué à la mort.

De la bouche de la statue sortit alors un grondement inarticulé. Ce fut le signal pour mes quatre gardiens. Ils me poussèrent en avant, et je me trouvai au pied du Bouddha d'or.

La statue vivante avait de nouveau baissé la tête, de sorte que je pus la regarder droit dans les yeux. Ces yeux de diamant qui permettaient de voir dans l'enfer...

Je fus glacé d'épouvante, jusqu'à la moelle des os.

Mon corps entier était moite de sueur quand je vis le Bouddha lever les deux bras. Mes gardiens me tenaient encore ; ils savaient que je prendrais la fuite s'ils me lâchaient. Leurs mains étaient des crochets d'acier qui m'entraient dans la chair...

Enfin, la statue prit la position qu'ils attendaient. J'eus l'impression de l'entendre souffler, puis je cessai de sentir les doigts, mes gardiens s'écartèrent de moi en criant...

Au même instant, les deux énormes pattes s'abattirent. Mon corps était entièrement figé, j'allais être broyé...

CHAPITRE 14

Pang Lim avait voulu se porter au secours de Taï Pé, mais il était arrivé trop tard. Le vieux moine se trouvait déjà dans la serre du Bouddha d'or. Pang Lim sauta, tenta de s'accrocher à la main — en vain ! Il ne put arracher sa victime au monstre.

Comme le Bouddha avait deux bras levés, il laissa tout simplement retomber le gauche. Au tout dernier instant, le Chinois vit l'ombre planer au-dessus de lui, et il fit un saut de carpe. Un saut acrobatique, qui l'écarta presque de la zone dangereuse. Pas tout à fait, malgré tout, car le coup lui érafla la tempe, le projetant sur le sol où il resta évanoui.

Mais Pang Lim avait le crâne dur comme l'acier, et il reprit connaissance plus tôt que nos ennemis ne l'avaient peut-être supposé. Gardant d'abord les yeux mi-clos, il regarda autour de lui, sans trop savoir où il était, puis la mémoire lui revint. Bien qu'il souffrît atrocement de la tête, il réussit à se concentrer sur ce qui se passait.

C'est ainsi qu'il vit John Sinclair amené devant la statue, et le Bouddha d'or lever les deux bras. Alors le Chinois comprit...

John Sinclair, son ami, allait être broyé par les serres du Bouddha !

Comment le sauver ?

Pang Lim réfléchit désespérément, mais son esprit refusait encore de lui obéir, de sorte qu'il ne songea pas immédiatement à l'arme qu'il avait sous la main. Puis il se souvint...

Le bâton sacré !

Le Chinois glissa la main sous sa parka, et en retira le bâton à l'instant précis où les quatre moines sautaient de côté et lâchaient John Sinclair.

Les lourdes serres du Bouddha s'abattirent !

« T-o-p-a-r ! »

Pang Lim cria le mot, il le cria vraiment à

l'instant suprême. Une fraction de seconde plus tard, les deux énormes pattes m'auraient broyé.

Ce cri me tira de ma léthargie — car j'avais déjà renoncé à la vie. Mon regard s'éleva, je vis la main géante suspendue au-dessus de moi. Elle n'était qu'à trois ou quatre doigts de ma tête...

« John ! hurla Pang Lim. Sors-toi de là ! Vite ! Vite ! »

Et comment ! L'effet du bâton ne durait que cinq secondes ! Je fis un bond en arrière, renversant l'une des coupes d'offrandes.

Les moines étaient figés sur place, semblables à des statues aux postures bizarres.

Pendant que je m'écartais, Pang Lim retirait en hâte les poignards glissés dans la ceinture des moines. Il ne put malheureusement s'emparer des six. Trois de nos adversaires conservèrent leur arme.

Déjà le délai se terminait.

L'énorme patte du Bouddha d'or frappa à toute force et balaya le sol avec un bruit rauque. Je ne pus voir la réaction du colosse, car je me précipitai sur mon fouet à démons.

Je le ramassai, l'étreignis.

S'apercevant que j'avais échappé à la mort, et que trois d'entre eux étaient privés de leur arme, les moines poussèrent des cris de rage.

Pang Lim ne leur laissa pas le temps de se ressaisir. Il empoigna le premier moine, le souleva, le projeta sur le Bouddha, contre lequel il rebondit en hurlant pour retomber inanimé sur le sol.

D'autres fonçaient sur moi, poignard levé.

Mais avant qu'ils ne m'aient atteint, le Bouddha d'or lui-même intervint dans la bataille. Un énorme craquement parcourut la statue.

Le Bouddha d'or se dressait !

Il ne pouvait pas se tenir debout, car le plafond du temple était trop bas, et il devait marcher à demi courbé, soulevant à peine ses pieds énormes, la tête baissée, dirigeant son regard sur nous.

Ses serviteurs cessèrent de s'intéresser à moi, et ils firent demi-tour pour contempler le Bouddha avec stupeur.

Chaque fois que l'un de ses pieds touchait le plancher, le temple entier tremblait.

Maintenant que j'aurais eu l'occasion de me servir de mon fouet, je n'y parvenais pas, fasciné moi aussi par le Bouddha et le comportement incompréhensible des moines au visage d'or qui n'avaient plus d'yeux que pour leur idole et dansaient autour d'elle.

« Ils attendaient ça depuis si longtemps ! murmura Pang Lim.

— Quoi ?

— Le retour du Bouddha d'or. Par ses ancêtres, il descend vraiment du grand Bouddha, mais il a suivi un mauvais chemin, et s'est lié avec les puissances infernales. La secte des Têtes d'or existe depuis des siècles, et a toujours attendu sa résurrection. »

D'un revers de main, j'essuyai la sueur qui coulait sur mon front. J'étais encore sous le choc, mon cœur battait très vite, je tremblais, mes nerfs ne s'apaisaient que lentement.

Le Bouddha s'était immobilisé, entouré par les moines à tête d'or. C'était un spectacle ahurissant que de les voir s'incliner devant la gigantesque statue, la remercier, l'aduler, et cela nous donnait une chance. Ces moines, nous pouvions maintenant les éliminer, mais comment s'y prendre avec le Bouddha d'or ?

Contre lui, nous ne possédions pas d'armes. Je ne croyais pas que le fouet à démons pût suffire, pas plus que mes balles d'argent.

Je décidai d'essayer quand même. « Surveille les moines ! » murmurai-je à Pang Lim, puis j'effectuai un grand mouvement tournant pour venir me placer dans le dos du Bouddha. Personne ne s'interposa. Je ne présentais plus aucun intérêt pour les Têtes d'or.

Le dos de la statue vivante se dressait à présent comme un mur devant moi.

Pendant un instant, je fus pris d'angoisse. Puis je levai le bras droit et frappai à toute volée avec le fouet à démons.

Les trois lanières claquèrent sur le dos du Bouddha, je les vis toucher l'or sans y laisser aucune trace. Non, avec cette arme, je ne pouvais rien contre un tel adversaire.

J'essayai une nouvelle fois, en frappant au même endroit, sans plus de résultat. Le Bouddha n'avait probablement rien senti.

En revanche, les moines m'avaient vu attaquer leur idole. Ceux qui étaient encore armés se ruèrent sur moi. L'un d'eux leva le bras en me visant. J'eus tout juste le temps de me baisser ; le poignard passa au-dessus de ma tête.

Immédiatement, le moine se précipita. Ce fut comme s'il venait à la rencontre de mon coup de fouet. Les lanières s'enroulèrent autour de son cou et lui arrachèrent presque la tête, tant j'avais frappé fort.

Il en restait encore cinq !

Soudain, j'eus une idée. La gemme gnostique, que j'avais reçue en Egypte, provenait de l'Eglise orthodoxe d'Orient. Elle aurait peut-être un effet sur ces monstres... ce qui me permettrait de rendre son fouet à Pang Lim.

Je reculai de quelques pas, tout en tirant de ma poche la gemme, cette pierre plate, d'un brun vert, portant gravé un serpent qui se mordait la queue. Je l'élevai à bout de bras.

Le premier moine la vit, secoua la tête et s'immobilisa, puis se plia en deux, comme si la gemme lui causait une douleur physique intolérable !

Je m'approchai de lui. Mon sourire était glacial et plein de rage. Mais je n'eus pas l'occasion d'étudier de plus près la réaction du moine, car un nouvel événement se produisit...

Un événement auquel nous n'avions plus du tout pensé, dans l'affolement de cette dernière heure...

Au sommet de l'escalier, une silhouette apparut. Un petit homme chauve, trapu, avec des lunettes à monture d'acier. Les poings sur les hanches, il lança froidement :

« Tiens ! Comme c'est sympathique de les trouver tous réunis ! »

CHAPITRE 15

Nous fûmes tous figés sur place pendant quelques instants.

Mondo n'était pas venu seul. Il avait amené son amie, la brune Lady X, qui tenait sa mitraillette de façon aussi désinvolte que si ç'avait été un fume-cigarette. Mais il ne fallait pas s'y tromper !

Tous deux occupaient une excellente position stratégique : d'où ils étaient, ils dominaient tout le temple, et une rafale de mitraillette pouvait nous atteindre à n'importe quel endroit.

Je me trouvais sur le côté du Bouddha et décidai de ne pas bouger. De ma place, je voyais Pang Lim. Lui aussi semblait pétrifié. Pas un muscle de son visage ne frémissait.

Il n'en était pas de même chez les Têtes d'or, qui marquaient une certaine inquiétude en voyant surgir ces nouveaux adversaires. Mais comment comptaient s'y prendre Lady X et Mondo pour les vaincre ?

Ce n'était pas mon affaire, car Pang Lim et moi venions largement en tête sur la liste de la Ligue du crime. Lady X et Mondo voulaient aussi notre mort. Peut-être même allaient-ils tenter de nous abattre en premier ?

« Sinclair et le rat à la peau jaune, avancez ! » ordonna Mondo avec un rire sauvage.

J'échangeai un bref regard avec Pang Lim. Nous pensions la même chose : aucune chance !

Lady X pouvait tout atteindre avec sa mitraillette. Nous étions bien forcés d'obéir.

Je regardai la femme. Plantée sur ses jambes légèrement écartées, elle se tenait au sommet de l'escalier. Son sourire dur semblait figé sur les coins de sa bouche. Elle portait une étroite veste verte qui lui arrivait à la taille. Ses jambes étaient moulées dans des jeans, ses cheveux noirs rejetés en arrière.

Nous fîmes quelques pas en avant. Comme pour une exécution capitale, pensai-je, tout en cherchant fiévreusement une issue à notre situation désespérée.

Il en existait une, mais elle ne vint pas de nous.

Ce fut le Bouddha d'or qui donna le signal. Lui aussi savait ce que préméditaient l'homme et la femme : ils voulaient ses yeux de diamant, d'une valeur incalculable, et dont la possession renforcerait encore la puissance du docteur Tod.

Les diamants avaient été volés une fois. Cela ne devait pas se reproduire.

Les cinq moines comprirent le terrifiant gémissement que poussa alors le Bouddha d'or.

Plus rien ne les retint. Nous ne fûmes pas les seuls à marcher vers l'escalier. Ils furent plus rapides que nous, si bien qu'ils se trouvèrent dans la ligne de tir.

« Ecartez-vous ! » hurla Lady X d'une voix suraiguë.

Les moines ne l'écoutèrent pas, ce qui nous permit de saisir notre chance au vol. Au même instant, Pang Lim et moi nous nous jetâmes des deux côtés, lui à droite, moi à gauche.

Lady X fit feu.

Le crépitement brutal de la mitraillette emplit la vaste salle du temple, où les échos se répercutèrent pour former une sorte de mélodie macabre.

Les premières balles claquèrent sur le sol, et ricochèrent sur les moines. Elles touchèrent leur but. Deux serviteurs du Bouddha tombèrent. Mais ils se relevèrent presque aussitôt ; les projectiles ordinaires ne pouvaient rien contre eux.

Lady X jura si fort que sa voix couvrit le crépitement de l'arme.

Mais elle continua à tirer.

Pang Lim et moi, nous nous étions depuis longtemps jetés à terre. Les balles frappèrent le sol tout près de nous lorsque la jeune femme nous prit pour cibles.

Un saut de carpe me permit de retomber derrière le Bouddha, où j'étais à couvert. Pang Lim roula à son tour vers moi, fit plusieurs tonneaux, se redressa. Un rire furieux le secoua.

« Maintenant, c'est *lui* qui nous sauve la vie ! » s'écria-t-il.

Je risquai un coup d'œil, pour voir ce qui se passait de l'autre côté de la statue.

Lady X descendait l'escalier. Elle ne tirait que de courtes rafales, afin d'économiser ses munitions. Ses balles repoussaient les moines qui ne parvenaient pas à se servir de leurs poignards.

J'avais déjà le Beretta en main, et, m'écartant du Bouddha, je visai Lady X. Bon sang ! Je le faisais un peu à contrecœur, mais je ne voyais pas d'autre possibilité d'en sortir. Je ne voulais pas la toucher mortellement, seulement la mettre hors de combat. Je n'en eus pas le temps.

Un nouvel adversaire surgit.

Tout d'abord, nous entendîmes son cri furieux, puis nous le vîmes. Un monstre gigantesque, un mort vivant, qui ne possédait plus que son bras droit, avec lequel il brandissait son sabre forgé dans l'enfer !

Je le connaissais bougrement bien.

Ce n'était autre que Tokata, le samouraï de Satan !

CHAPITRE 16

J'aurais dû m'en douter... Seuls, Mondo et Lady X n'auraient pas osé s'avancer si loin. Ils devaient forcément posséder dans leur manche un atout maître !

Et cet atout, c'était Tokata, le mort vivant, ce sinistre guerrier ressuscité d'une terre maudite, au Japon, et venu ici pour détruire et dépouiller le Bouddha d'or.

Si quelqu'un pouvait y parvenir, c'était bien lui, j'en étais certain.

Son cri retentissait encore dans la vaste salle lorsque je laissai retomber mon arme. Je n'avais tout à coup plus de cible, car Lady X s'était vivement jetée de côté pour laisser le champ libre au samouraï de Satan.

Avec une balle d'argent je ne pouvais pas l'arrêter.

Il dévala l'escalier. Les marches de bois ployaient sous le poids de ce monstre. Furieusement, il brandissait son redoutable sabre.

Comme toujours, il portait sa tenue de combat gris foncé, et un masque recouvrait son visage à demi putréfié. Son épais plastron de cuir était à l'épreuve des balles et des coups d'épée — bref, il était invincible. Peut-être aurais-je pu faire quelque chose avec ma croix, mais je n'avais encore jamais pu m'approcher suffisamment de lui. Chaque fois que je l'avais rencontré, j'avais dû prendre la fuite.

Le Bouddha d'or se redressa au point que son crâne heurta le plafond du temple. De sa bouche jaillit un grondement terrifiant... qui n'eut pas l'air d'impressionner le samouraï.

Il attaqua.

D'abord les moines aux têtes d'or qui étaient envoyés contre lui par le Bouddha. D'un mouvement rapide comme l'éclair, il fit sauter la tête des deux premiers. Elles roulèrent sur le sol, où l'or aussitôt se répandit et se solidifia.

Il en transperça deux autres qui s'étaient littéralement jetés sur son sabre. L'arme infernale était plus forte que la magie des moines.

D'un seul coup, il abattit le dernier. Et Lady X restait debout sur l'escalier et riait aux éclats.

« Qu'est-ce qu'on fait ? murmura Pang Lim.

— On bat en retraite ! »

Pang Lim fit signe qu'il était d'accord. C'était la seule chose à faire ; la statue ne nous offrirait plus aucune protection quand elle serait attaquée par le samouraï.

Par bonheur, Mondo et Lady X ne regardaient que leur vassal à l'œuvre ; ils nous avaient momentanément oubliés, car les yeux du Bouddha d'or étaient ce qui comptait le plus pour eux.

Tokata les voulait, et il irait les prendre !

Malgré le danger, Pang Lim et moi tenions à voir comment tournerait le combat. Courbés en deux, nous traversâmes la salle pour nous arrêter du côté opposé, contre le mur du fond, là où Pang Lim avait découvert une petite porte qu'il ouvrit.

« Nous pourrons fuir par là ! » chuchota-t-il.

J'approuvai d'un signe de tête.

Tokata parviendrait-il à s'emparer des diamants ?

Le combat s'engagea.

Et ce fut une bataille comme je n'en avais encore jamais vu de ma vie...

Démon contre démon !

Lequel triompherait ?

Tokata, le samouraï de Satan, paraissait presque petit face au Bouddha. Mais malgré tout, il ne serait pas facile à vaincre — s'il devait être vaincu !

Lady X et Mondo avaient descendu l'escalier pour assister au combat. Ils tenaient à voir de près comment s'y prendrait Tokata pour exterminer le Bouddha d'or.

Les deux adversaires s'observaient encore. Le Bouddha avait penché la tête, et soudain les rayons verts jaillirent une nouvelle fois de ses yeux.

Tout se passa en un éclair. Tokata fut enveloppé de rayons. Il eut un sursaut de recul, il sentit probablement leur effet magique, mais il ne s'effondra pas.

Un mouvement de côté lui permit d'échapper aux rayons qui se dissipèrent presque immédiatement.

Là-dessus, le samouraï attaqua. Prenant son élan, il se rua sur le Bouddha, sabre haut.

J'étais si tendu que je me mordis la lèvre inférieure jusqu'au sang. Je m'attendais à ce que la lame rebondît, mais il n'en fut rien.

Le sabre du samouraï, forgé dans l'enfer, pénétra dans le corps du Bouddha comme si celui-ci était fait de caoutchouc. Il s'y enfonça jusqu'à la garde.

Le Bouddha se rejeta en arrière. Une énorme blessure béait dans son flanc, laissant échapper un liquide verdâtre qui dégouttait sur le sol.

Du sang de démon !

Pang Lim et moi, nous en avions assez souvent vu. Comme les autres, celui-ci était non seulement chaud, mais brûlant. Les gouttes sifflaient en touchant le sol.

Tokata frappa de nouveau.

Mais cette fois il prit son temps, comme s'il voulait jouir de la situation et désirait faire traîner le combat en longueur.

De nouveau, sa lame s'enfonça dans le ventre de la statue.

Le Bouddha fut ébranlé des pieds à la tête. Il leva ses bras énormes, recula en vacillant, heurta son crâne au plafond, puis il laissa retomber ses bras.

Un coup terrible de ses gros battoirs, qui m'aurait broyé, moi !

Mais pas Tokata !

Réagissant en une fraction de seconde, le samouraï fit tournoyer son sabre meurtrier, et, l'instant d'après, la main gauche du Bouddha volait dans les airs, coupée net.

La droite manqua le samouraï. Avant que le Bouddha ait pu la relever, Tokata lui avait tranché le bras.

Le samouraï poussa un sauvage cri de victoire, qui me fit courir un frisson glacé dans le dos. En songeant que j'allais peut-être devoir affronter cette brute, je sentis l'angoisse m'envahir.

« Et maintenant, le coup de grâce ! » hurla Lady X, débordant d'enthousiasme.

Elle était complètement déchaînée. Je pensai un instant à l'abattre, mais pour cela j'aurais dû me rapprocher. Et puis, aurais-je pu la tuer de sang-froid ?

Tokata exultait. Jusqu'à présent, personne n'avait jamais réussi à le vaincre, et le Bouddha d'or n'y parviendrait pas non plus !

Pourtant, il ne renonçait pas. Il devait ressentir d'effroyables douleurs ; c'était la seule explication aux terribles gémissements qu'il poussait. Lentement, il fit avancer son corps massif, mais il semblait désemparé, agitant vainement ses deux moignons. Une dernière fois, il concentra ses forces, de nouveau les rayons verts jaillirent de ses yeux de diamant — beaucoup plus faibles qu'auparavant.

Tokata eut un rire caverneux, effrayant. Il se moqua du Bouddha en allant se planter devant lui, bras écartés, offrant sa poitrine au démon.

Mais le Bouddha n'en pouvait plus. Tokata n'avait qu'à attendre.

Quelques secondes s'écoulèrent.

Soudain, l'énorme statue s'inclina. Très lentement, elle chavira sur la droite, tout son corps craquant et gémissant, avant de toucher le sol avec un fracas qui emplit la salle, et dont les échos roulèrent jusque dans les couloirs du monastère.

Le Bouddha était vaincu. Mais il vivait encore.

Le samouraï s'approcha pour l'achever. Il fit tournoyer son sabre, et je devinai ce qu'il allait faire... Il voulait décapiter le démon !

La lame siffla dans les airs et, d'un seul coup,

sépara la tête du tronc. Il n'y eut pas un cri, pas un soupir.

Le Bouddha mourut en silence.

Le samouraï brandit son sabre, prenant une pose de vainqueur sous les regards admiratifs de Mondo et de Lady X.

« Il y est arrivé ! » chuchotai-je.

Mais Lady X ne laissa pas longtemps le samouraï jouir de son triomphe.

« Va chercher les yeux ! » cria-t-elle, tout en descendant les dernières marches, suivie par Mondo.

Une décision s'imposait, car nous nous étions impliqués dans les événements : pouvions-nous laisser le redoutable docteur Tod entrer en possession de ces diamants maléfiques ? Pang Lim dut avoir la même pensée que moi. Il me fit un signe.

« On y va ! » fis-je d'une voix étranglée, car je ne savais trop comment éliminer le samouraï.

Pang Lim tenait déjà son bâton à la main. Il allait suspendre le temps, mais cinq secondes suffiraient-elles pour venir à bout de Tokata — que nous n'avions pas le droit de tuer ?

En cet instant, le destin nous joua, à tous, un tour incroyable...

Tout d'abord, j'entendis Lady X pousser un juron ignoble. Puis elle hurla, en frappant du pied.

Que s'était-il passé ?

Dans la main droite, Tokata ne tenait plus son sabre mais un œil du Bouddha...

Or, ce diamant était en miettes, et ses débris coulaient entre ses doigts comme une poussière scintillante...

« Non, non, c'est impossible !... » haleta Pang Lim.

Moi aussi, j'étais complètement ahuri. Comment cela avait-il pu arriver ? Comment ce diamant était-il tombé en poussière ?

Tout à coup, je compris : Tokata avait commis une faute énorme. Il aurait dû arracher les yeux tant que le Bouddha était encore en vie. Celui-ci mort, ils n'avaient plus aucune valeur, et se défaisaient en même temps que tout l'énorme corps. L'or devenait verdâtre, se fendillait, s'écaillait, en même temps que le torse du monstre se ratatinait pour reprendre des proportions normales...

Fou de rage, Tokata rejeta le reste de la poussière. Puis il s'occupa de l'autre œil.

Même résultat : rien qu'une poussière scintillante.

Lady X et Mondo étaient ivres de rage. Tout cela pour rien : leur long voyage, le combat à mort... En fin de compte, ils s'étaient roulés eux-mêmes, et le docteur Tod risquait de le leur faire payer cher !

J'avais envie d'éclater de rire, mais cela n'aurait pas rendu notre situation meilleure.

Car Lady X se souvint subitement de nous.

Elle tourna sur elle-même, nous aperçut tout proches, et hurla :

« Allez en enfer, salopards ! »

En même temps, elle éleva sa mitraillette.

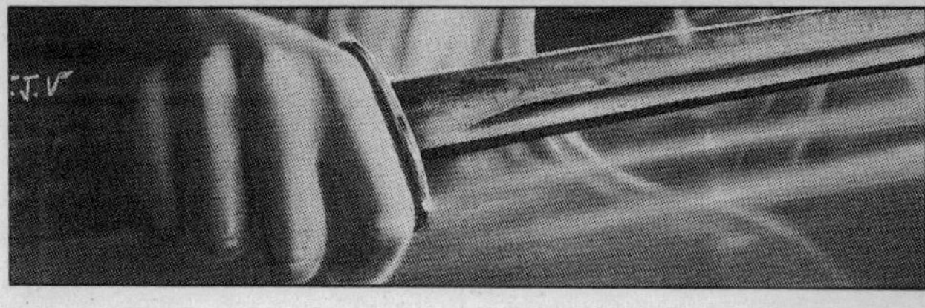

CHAPITRE 17

Pang Lim cria le mot magique :

« TOPAR ! » Et sa voix couvrit celle de la furie.

Lady X ne parvint pas à replier son index sur la détente. Instantanément, elle se figea — de même que Mondo et le samouraï. Contre la magie blanche, ils étaient impuissants.

Alors, je m'élançai.

Je bondis sur Lady X, lui arrachai sa mitraillette, mais je n'avais plus le temps de désarmer

Tokata qui était trop loin de moi, et encore plus loin de Pang Lim.

A peine avais-je empoigné la mitraillette que les cinq secondes furent écoulées.

Déjà, Pang Lim et moi, nous filions vers la porte du fond. Les hurlements de Lady X nous poursuivirent.

« Mon arme ! criait-elle. Qui m'a pris mon arme ? »

Sur le seuil, je me retournai, j'élevai la mitraillette, tirai une rafale.

Tokata se jeta en plein dedans. Les impacts le secouèrent, mais ne l'arrêtèrent pas, car rien ne pouvait le tuer.

Derrière Pang Lim, je filai par la porte ouverte. Nous nous enfonçâmes dans un couloir glacial et qui sentait le moisi, éclairé par quelques lumignons. Les parois de rocher répercutaient le bruit de nos pas.

Je me retournai pour tirer une nouvelle rafale sur le samouraï qui avait atteint la porte et se lançait à notre poursuite.

Les balles arrachèrent des éclats à la paroi, ricochèrent, sans parvenir à arrêter Tokata qui s'était baissé à temps.

Pang Lim avait déjà atteint la fin du couloir, et m'attendait au pied d'un escalier de bois qui montait dans la pénombre.

Quatre à quatre, nous nous élançâmes sur les marches. Nous pensions que cet escalier nous ramènerait dans l'autre couloir, par lequel nous étions venus.

Nous avions vu juste.

Déjà nous apercevions le débouché ; il ne restait plus que quelques marches à gravir. Mais nous ne songions pas à la redoutable ruse de Tokata. Je ne sais ce qui me poussa à jeter un coup d'œil en arrière, en tout cas je vis le samouraï attaquer l'escalier à grands coups de sabre, et, dans sa fureur, démolir la moitié des marches.

Pour nous, c'était la catastrophe, car la partie supérieure de l'escalier ne supporterait plus notre poids. Il s'effondrerait.

D'un bond, Pang Lim parvint à se mettre en sécurité sur le palier du haut. Moi, je n'y arrivai pas, à quelques dixièmes de seconde près.

La charpente de l'escalier craqua, les marches de bois vermoulues cédèrent sous mon poids.

La réaction de Pang Lim fut fantastique. Il s'était retourné et il lança les deux bras vers moi. Je les saisis, tout en étant obligé de laisser tomber la mitraillette. Je sentis ses poignets sous mes mains, il y eut une secousse violente qui me désarticula presque les bras, et je fus en sécurité.

Tokata était toujours en bas. Une partie de l'escalier s'écroula sur lui, de sorte qu'il fut pris à son propre piège. Entre lui et nous, il y avait une trop grande distance pour qu'il pût la franchir d'un bond.

« Merci ! » soufflai-je.

La chance nous favorisait ; nous venions d'atterrir tout près de la porte qui donnait sur l'extérieur. Pang Lim l'ouvrit, et une bienfaisante bouffée d'air frais nous frappa au visage.

La nuit était venue. Au ciel brillaient des millions d'étoiles et une splendide demi-lune qui nous permettaient de nous diriger.

La porte du monastère était ouverte. Nous dévalâmes les marches du grand escalier, et, après avoir traversé au galop la cour intérieure, nous quittâmes enfin ces lieux maudits.

En me précipitant dehors, je faillis me cogner le nez contre un gros hélicoptère posé non loin de la muraille. C'était l'appareil avec lequel étaient venus Lady X, Mondo et Tokata.

Soudain, j'éclatai de rire. Nous allions leur jouer un bon tour en nous envolant avec leur appareil ! Le réservoir devait contenir assez d'essence.

Mais les choses tournèrent autrement.

Au-dessus de nous, j'entrevis une lueur. Puis un rayon lumineux tomba du ciel et vint se poser sur nous. En même temps, nous entendîmes le ronflement des moteurs.

Je me tordis le cou pour regarder en l'air.

Deux hélicoptères approchaient. Amis ou ennemis ?

Je misai sur « amis » et leur fis de grands gestes. Les hélicoptères descendirent encore et se préparèrent à atterrir, non loin de l'autre appareil.

Suivi de Pang Lim, je courus vers le premier qui se posa. Un homme sauta à terre. Je le connaissais : c'était l'inspecteur Marian.

« Alors, c'est ici que je vous retrouve ? s'écria-t-il en guise de salutation.

— Oui, et vivant ! répondis-je.

— C'est ce que je vois !... » Il regarda autour de lui, tandis que le second hélico atterrissait. « Que s'est-il donc passé ?

— Je vous raconterai ça plus tard.

— John ! Attention ! »

La voix de Pang Lim me fit pivoter sur moi-même.

Devant la porte du monastère, j'aperçus Tokata, Lady X et Mondo. Et ils n'avaient pas l'air de considérer la bataille comme perdue.

Marian n'y comprit rien quand je le forçai à s'abriter. Il était temps, car Lady X tirait déjà. Des flammes orangées jaillirent de sa mitraillette. La rafale rasa le sol, fit rebondir des pierres, des balles ricochèrent...

« Tirez ! Feu à volonté ! » rugit Marian.

Ses hommes n'étaient pas prêts. Ils descendaient encore des appareils.

Lady X couvrait maintenant Mondo qui filait vers son hélicoptère et grimpait précipitamment dans la cabine. Elle s'y engouffra à sa suite.

Tokata, lui, fit un grand détour. Sa gigantesque silhouette dansa comme une ombre dans la nuit. Je vis briller son sabre, j'entendis des cris, des chocs et des crissements métalliques.

Des coups de feu claquèrent.

Mondo décolla.

Allaient-ils partir sans le samouraï ? L'hélicoptère s'éleva lentement, Lady X debout dans la porte ouverte et tirant à la mitraillette.

Par bonheur, elle n'y voyait guère et elle ne nous atteignit pas. Je ripostai avec le revolver que j'avais pris à l'hôtel, sur le cadavre de l'Afghan. Je tirai plusieurs balles, et soudain je vis une vitre éclater sur l'hélicoptère, tandis que Lady X était projetée en arrière sous l'impact d'un autre projectile. Puis l'appareil s'évanouit dans l'obscurité.

Avais-je mortellement atteint Lady X ? Comment le savoir ? D'autres coups de feu claquèrent, destinés à Tokata.

Je le vis courir avec des bonds gigantesques en direction de l'hélico de Mondo qui redescendait. Tokata, qui avait rengainé son sabre, prit son élan, et d'un saut phénoménal, parvint à saisir le patin de gauche.

L'appareil oscilla, donna de la bande, mais Mondo réussit à l'enlever, et il disparut à nos regards.

Il était impossible de le poursuivre, car Tokata avait endommagé à coups de sabre nos deux hélicoptères. Il fallait d'abord les réparer, et cela demanderait des heures.

J'utilisai cette longue attente pour faire visiter le monastère à Marian. Pendant ce temps, Pang Lim ensevelissait son ami, le vieux Tibétain Taï Pé.

L'inspecteur contempla avec stupeur l'idole renversée, qui n'était plus qu'une masse compacte et grise. L'or et les cadavres des moines prouvèrent toutefois à Marian que je n'avais pas menti.

Il se gratta la tête.

« Comment vais-je présenter ça à mon chef ? grogna-t-il.

— Nous trouverons bien quelque chose », répondis-je avec assurance.

Nous laissâmes le monastère sans toucher à rien. Ce qui s'était passé ici, peu de gens le savaient, et dans son propre intérêt, l'inspecteur Marian garderait sans doute le silence.

JOHN SINCLAIR
chasseur de
SPECTRES

225 LES PILLEURS DE TOMBES Jason DARK

Linc Lancaster s'aperçut alors de ma présence.
« Vous êtes l'inspecteur-chef John Sinclair? Le fameux chasseur de spectres? demanda-t-il aussitôt.
— Lui-même, répondis-je.
— Vous avez bien fait de venir. »
Jusque-là, Lancaster n'avait jamais cru aux esprits ni aux autres phénomènes surnaturels. Mais cette nuit-là, il changea radicalement d'avis.

226 LE TRÉSOR DES DRUIDES Jason DARK

Le visage de l'inconnu demeurait impassible. Aucune lueur ne brillait dans son regard.
J'avais en face de moi un des redoutables Hommes en Gris!
Il ouvrit lentement la main. Quelque chose de vert brillait entre ses doigts.
Une pierre... Une pierre druidique!
Je fus aussitôt projeté dans un tourbillon d'une violence inouïe. La voix de l'Homme en Gris résonna au loin :
« Celui qui cherche à s'emparer du Trésor des druides doit mourir! »

227 ZOMBIES SUR LA PLACE ROUGE Jason DARK

Instinctivement je levai la valise à hauteur de mon visage pour me protéger. J'entendis la lame de la scie déchirer le cuir.

Mon adversaire se déplaçait avec une rapidité surprenante tout en exécutant des moulinets avec son arme redoutable. Mais il restait étrangement silencieux, pas le moindre souffle, pas le moindre cri.

A vrai dire, il ne donnait même pas l'impression de respirer...

Comme d'habitude, les agents secrets étaient bien informés. Les zombies avaient donc envahi l'Union Soviétique.

228 NOCES D'HORREUR Jason DARK

Il ouvrit lentement le sarcophage. Ses cheveux se dressèrent sur sa tête et son visage devint blême.

« Ce... ce n'est pas possible, bredouilla-t-il. C'est pourtant ce que je craignais !

– Oui. Mais malheureusement pour vous, cela doit rester secret », répondit soudain une voix rauque et haineuse dans son dos.

La lame du couteau s'abattit violemment.

Personne ne devait savoir que la pauvre Hélène allait épouser un loup-garou...

229 DESTERO,
LE BOURREAU DU DIABLE Jason DARK

La troisième chambre des mille tortures portait bien son nom. Je compris pourquoi personne n'en était jamais ressorti.

C'était à mon tour d'y pénétrer...

Je distinguai des taches brunes sur le sol : du sang séché ! J'eus un haut-le-cœur, mon voyage au bout de l'horreur allait se terminer ici.

La voix sardonique d'Asmodée, la fille du diable, résonna tout à coup :

« Bienvenue dans l'antichambre de l'Enfer, John Sinclair ! »

SPECTRES

Enfin des livres où les pages claquent des dents.

La série SPECTRES : une série pour les amateurs de sueurs froides et d'émotions violentes, une série qui fait découvrir les phénomènes du surnaturel : prémonitions, télépathie, hypnose, magnétisme.

200 POUVOIRS DIABOLIQUES — Dorothy BRENNER FRANCIS

La paupière lourde, Kelly reconnut la tête du toubib. Une fois de plus, un terrible flash durant son sommeil : son amie Bonnie assassinée à des milliers de kilomètres, et ce rire odieux qui revenait sans cesse. Elle savait qu'un jour, ce rire aurait un visage.

201 SOMMEIL DE MORT — Dale COWAN

Jennie était partie pour faire le tour du cadran. Confort total !... mais voilà ! dans le couloir le plancher craque... juste là derrière sa porte !
Effrayée, Jennie songea à la prière accrochée au-dessus de son lit :

> "Des vampires et des fantômes,
> des bêtes aux pattes velues
> et des créatures qui rôdent dans la nuit
> Délivrez-nous, Seigneur."

Jennie espérait vivre en Écosse un été pas comme les autres.
Elle n'allait pas être déçue !

216 LE MAITRE DE L'ORAGE — Susan NETTER

Cindy commençait à suffoquer. L'énorme coffre-fort continuait à avancer lentement, l'écrasant de plus en plus contre le mur.
« Non, Ian ! Arrête, je t'en supplie ! » hurla-t-elle en rassemblant ses dernières forces.
Mais le jeune garçon ne semblait pas l'entendre...

En acceptant de s'occuper de Ian pendant l'été, Cindy ignorait tout des étranges et terrifiants pouvoirs de cet enfant.
Et maintenant, il avait décidé de les utiliser contre elle...

219 LES FANTÔMES DU MARAIS — Richie TANKERSLEY CUSICK

« Mais... c'est impossible ! » s'écria Meg en se réveillant.
Elle jeta un regard désespéré vers la fenêtre qui laissait passer les derniers rayons du soleil.
« Quand je suis entrée dans cette chambre, le jour venait à peine de se lever. »
Meg est venue tenir compagnie à sa grand-tante malade. Mais depuis son arrivée dans cette demeure délabrée au milieu des marais, elle sent ses forces décliner peu à peu.
Comme si une sorte de vampire se nourrissait de son énergie...

217 DANSE MACABRE — Lou KASSEM

Joan ouvrit le vieux livre poussiéreux. Quelques lignes étaient soulignées d'un trait d'encre palie par le temps.
« Des sournoises attaques du fantôme ennemi
Garde ton sommeil.
Des mauvais rêves et des terreurs de la nuit
Libère ton réveil. »
Ainsi quelqu'un d'autre dans cette maison avait été la proie de rêves inquiétants.
Joan avait décidé de percer le mystère de cette ancienne demeure. Elle n'aurait pas dû oublier que « la curiosité est un vilain défaut »...

223 L'AMULETTE ENSORCELÉE — Bruce COVILLE

Terrorisée, Marylin recula devant l'horrible monstre qui approchait du lit. Il se déplaçait à la manière d'un grand singe et ses pieds griffus crissaient sur le parquet.
« Donnez-moi l'amulette ! » grogna-t-il.
Marylin savait que ce pendentif recélait d'étranges

pouvoirs. Mais comment imaginer qu'il retenait prisonnier un démon depuis des siècles ?
Désormais, elle seule pouvait le libérer. A ses risques et périls...

213 **LA CHAMBRE AUX MALÉFICES** Janet PATTON SMITH

En gravissant lentement les marches du perron, Lisa songea soudain aux paroles angoissées de sa tante :
« La maison d'en face est habitée par un vieux fou solitaire et dangereux. Surtout, ne t'en approche jamais. JAMAIS ! »
Poussée par une force obscure, Lisa franchit néanmoins le seuil de la sinistre demeure.
Elle s'apprêtait à faire un inquiétant voyage dans le passé, au risque de ne jamais en revenir...

207 PUISSANCE OCCULTE Betsy HAYNES

La silhouette s'approcha lentement. Le brouillard dissimulait ses traits. Marilyn sentit son sang se glacer tandis que le sombre visage se penchait vers elle.
« N'essaie pas de m'échapper. C'est inutile.
TU ES EN MON POUVOIR... »
Marilyn refusait de croire à cette effroyable révélation.
Et pourtant... Elle n'était plus désormais qu'une marionnette sans volonté, manipulée par un être doté d'étranges pouvoirs psychiques.

SPECTRES

IMPRIMÉ EN FRANCE PAR BRODARD ET TAUPIN
Usine de La Flèche, 72200.
Loi n° 49-956 du 16 juillet 1949 sur les publications destinées à la jeunesse.
Dépôt : mai 1987.